让校园多一份宁静
让青春多一份定力

校园教材版

寻找安详

郭文斌　原著

潘贞伊　编写

中华书局

图书在版编目（CIP）数据

寻找安详:校园教材版/郭文斌原著;潘贞伊编写. —北京:中华书局,2025.9. —ISBN 978-7-101-17341-3

Ⅰ.I267

中国国家版本馆 CIP 数据核字第 2025ZX3454 号

书　　名	寻找安详（校园教材版）	
原　　著	郭文斌	
编　　写	潘贞伊	
策划编辑	李　猛	
责任编辑	欧阳红	
封面设计	王铭基	
责任印制	管　斌	
字体支持	仓耳屏显字库	
出版发行	中华书局	
	（北京市丰台区太平桥西里 38 号　100073）	
	http://www.zhbc.com.cn	
	E-mail:zhbc@zhbc.com.cn	
印　　刷	天津裕同印刷有限公司	
版　　次	2025 年 9 月第 1 版	
	2025 年 9 月第 1 次印刷	
规　　格	开本/880×1230 毫米　1/32	
	印张 10⅛　插页 2　字数 180 千字	
印　　数	1-50000 册	
国际书号	ISBN 978-7-101-17341-3	
定　　价	49.00 元	

目　录

序

缘分只有回头看才见美丽。

2010年,《寻找安详》由中华书局出版,之后,相继由长江文艺出版社、山东教育出版社、宁夏人民出版社出版了修订版、青少年版、典藏版,30多次重印。没想到,15年后又回到中华书局,出版这套教材版。

李猛先生约我写篇序言,正写呢,《宁夏日报》的连小芳副总编来电,和我讨论"寻找安详小课堂"系列报道"教育篇"的稿子,为了这个系列报道,她带着陈郁、祁国昌、闵良三位记者,不辞辛苦,到全国各地采访了大半年。

20年的志愿者经历告诉我,一定意义上,一切社会问题,都是教育问题,这个"教育",是"完整教育"。如果"完整教育"能够很好地推行,社会治理成本就会大大下降。

从学校教育的角度来讲,立德树人的根本任务如何实现?在我看来,要首先落实教育家精神,而要落实教育家精神，老师们就要具有"心有大我，至诚报国的理想信念；言为士则，行为世范的道德情操；启智润心，因材施教的育人智慧；勤学笃行，求是创新的躬耕态度；乐教爱生，甘于奉献的仁爱之心；胸怀天下，以文化人的弘道追求"。如何把这六条落实，《寻找安详》所讲的"给""守""勤""静""信"里有可操作的路径，"向孔子学习安详"等篇章中有可借鉴的案例。

立德树人，最终要体现在学生的德智体美劳全面发展上，这个"全面"，一定意义上就是"安详"。也许有人会说，"安详"有些不太"奋斗"，这是对"安详"的误解。认真看过本书之后就会知道，"安详"恰恰是奋斗、是阳光、是向上、是积极。参加过"寻找安详小课堂"的师生都知道，一些学校，因为学习"安详"，学风校风大为改变，一些学生，因为学习"安详"，学习成绩直线上升，有一位同学，因为学习"安详"，一年时间就把高中课程学完，考上大学。

从家庭教育、社会教育的角度来讲，"寻找安详小课堂"在全国的大面积推广，说明《寻找安详》受到了家长和社会的普遍欢迎。

2010年，《寻找安详》出版后，不少抑郁症患者看了它，或者病情缓解，或者痊愈，不少读者来找我，让我有些无法招架。渐渐地，就有了办读书会的想法。2012年，我就鼓励几位从《寻找安详》受益的同学注册了全公益"寻找安详小课堂",探索用《寻找安详》等书籍和视频为教程,帮助抑郁症患者走出困境,没想到效果很好,后来渐渐变成一个让大家沉浸式体会中华文化之美的"安详诗园"。

来自全国各地的同学们一起吃,一起住,一起学习,一起进步,如同一家人。不收学费,管吃管住,还赠送书籍。不少被抑郁折磨的孩子,在这里走出困境;不少就要解体的家庭,在这里走向和好;不少睡眠障碍者,在这里重回梦乡;不少万念俱灰的人,在这里重新燃起生命的热情。自己的孩子康复了,就想着让别的孩子康复,怎么办,要么现身说法,要么把课程复制到当地。不少学员,参加完学习后,就留在"小课堂"做志愿者。甚至,有人把二十多年工龄的公职辞掉,有人把百万年薪的工作辞掉,来这里做志愿者。从外省来的学员,报不上名,就在"小课堂"旁边租房子,排队上课。

13年来,"寻找安详小课堂"被受益者复制到全国30个省市自治区,引入乡村、社区、企业、学校、监狱等多个领域,线上线下学习人数,超过100万人次。监狱引入后,服刑人员违规违纪率大大下降。广州惠州监狱实现了零违规零违纪;企业引入后,业绩大幅上升。中国太平洋寿险宁夏分公司全员学习后,业绩从全国38名提高到第6名；乡村引入后，家风向好、民风淳朴、乡风文明。河南平顶山市宝丰县张八桥镇王堂村，曾是一个垃圾遍地、赌博成风、上访不断地"问题村"，开设"小课堂"后，家风和睦、乡风和谐，多年零上访，获评全国文明村。2020年宁夏固原市西吉县将台堡中学以"寻找安详小课堂"为载体，引入中华优秀传统文化后，短短几年，将台堡中学的师德师风、教风学风焕然一新。教学质量从全县第28名跃升至第6名，进入"第一梯队"。

因此，"寻找安详小课堂"被教育部评为"终身学习品牌项目"，被全国社科联评为全国先进社科类社会组织，被宁夏社科联树立为践行习近平文化思想的典型案例，被新华社、《人民日报》、《人民日报·海外版》、《光明日报》、《文艺报》、《文学报》、《宁夏日报》、《华兴时报》、宁夏电视台等媒体多次报道。《人民日报》采访调研后，发了内参。人民日报客户端宁夏频道发表的《"寻找安详小课堂"的来龙去脉》一文，一月浏览量200多万次。

除过复制分课堂，受益的同学还在全国大量组建沉浸式读书群，不少读者，能够把《寻找安详》《醒来》《中国之中》《中国之美》中的篇章背诵下来，今年11岁的刘一然小读者，在"喜马拉雅"上把《农历》读了40多遍，12岁的魏玉清小朋友读了50多遍。而《中国之美》，出版发行半个月就断货，之后保持着两个月重印一次的节奏。他们对拙著的珍爱，反过来促使我对文字更加敬畏，也让我深信，具有唤醒作用的文字，本身就是祝福。正是这种祝福性，让《寻找安详》成为畅销书，不少受益者，一次性批发成千上万册向社会捐赠。其姊妹书《醒来》，也常常出现读者催印的情况。

这套校园教材版能够在中华书局出版，要特别感谢山东莱芜职业技术学院的孔祥敏书记、徐运来院长、任清华副院长、教务处的孟宪超处长、秦呈现副处长，在他们的支持下，由潘贞伊老师开发了这本选修课教材，并担任主讲老师，在学院试行两年，效果出乎意料地好。2025年7月3日，在学院召开了全国性现场展示研讨会，选修生代表分享了学习收获。他们普遍表示，一年学习之后，不再像以前那样焦虑、抑郁、迷茫、自卑、懒散、无助，变得健康、阳光、自信、积极、向上，从中受益的学生，连续选修。

教育部师德师风建设基地负责人，中国教育发展战略学会传统文化教育专业委员会理事长、北京师范大学中华文化教育研究院院长、博士生导师王文静教授给予高度评价、充分肯定，并建议在教材中附录《论语》前四章，方便师生平时诵读。来自北京、河南、辽宁、宁夏等省市自治区的学校负责人参加了观摩和研讨，宁夏职业技术大学艺术设计学院党总支书记张淼、河南禹华高中的李荣光校长等多所学校负责人现场表示秋季开学即开设这套课程。

来自孔子故里河南夏邑津桥学校的李青志校长和大连厚朴人工智能研究院的蒋婉秋执行院长当晚商议把我的其他十几本书开发成小学、初中、高中校本教材，并成立了改编组，让人感动。

这本校园教材版，在长江文艺出版社修订本的基础上，摘取了适合教材的内容，配以思考和践行题，方便学校、企业、监狱、社区、乡村、培训机构选用。

与中华书局尹涛总编相知已久，但愿这套系列教材，能在他的大力支持下陆续出版，为强国建设复兴伟业贡献力量。

借此机会，向15年来，为《寻找安详》的推荐、编辑、出版、发行、推广的朋友表示衷心感谢！

是为序。

2025年7月18日

引　子

一个人，一个家庭，
一个单位，一个国家，
要想康泰，就要长养安详之气。

第一章　走进安详

通过"给""守""勤""静""信"，
我们走进安详。

安详是一种不需要条件作保障的快乐，换句话说，它是一种根本快乐、永恒快乐、深度快乐，它区别于那种由对象物带来的泡沫快乐、短暂快乐、浅快乐。

　　安详强调亲证性。打个比方，一杯水，只有我们尝了之后才知它的味道，否则，即使读上几十本关于水的书，也仍然不知何为水味。

1. 通过"给"走进安详

——探寻奉献与心灵成长之路

"给"就是把我们能拿出来的那份物力、体力、智力奉献社会，并且不求回报。只有如此，我们才能融化"自我"这块坚冰，清除这一通往安详道路上的最大障碍。

一个人要想走进安详，首先要和天地精神相应。

而"给"，就是天地精神。

阳光、空气、时间、空间都是免费为我们提供的。有人收取土地出让金，但是大地本身没有收取；有人收水费，但是水本身没有收取。

为此，天才长，地才久。

当年鲁哀公问孔子，他的弟子中谁的境界最高。孔子的回答是颜回，因为他"不迁怒，不贰过"。孔子为什么要首先强调不生气呢？当年搞不清楚，后来突然明白了。人为什么会生气？生气是因为自我被冲撞。人在什么情况下不生气？无我。那么，如何才能无我？利他差不多是一条最重要的途径。

我们且不要说像颜回那样完全消灭自我，就是尽可能地弱化自我，快乐也会成倍增长，因为烦恼和焦虑来自患得患失，而要消除"患得患失"，唯一的办法就是去掉得失心。

而要去掉得失心，就要向天地学习。

日月无言，昼夜放光；大地无语，万物生长。

放光，又无言；生长，又无语。

当我们尝试着把能拿出来的那份财物给更需要的人，一段时间之后，对财物的占有欲就降低了。渐渐地，就能体会到钱财的得失不再对我们造成很大的焦虑了。同时发现，把财物给急需的人更有增值感，这种增值感既是物质的，又是精神的。这样，附着在财物上的那个"我"融化了，另一个"我"诞生了，它就是本我。

这时，我们就会明白，所有的痛苦都是因为"小"造成的，宇宙、苍生、人类、国家、家族、家、小家、本我、大我、小我，层层隔离，逐次成"小"。为了捍卫这个"小"，焦虑产生了，痛苦产生了。

可见，痛苦是因为我们心的"小"。这是我的，那是我的，得到喜，失去苦。一个宝物，到了我家，我高兴，到了别人家，我沮丧。但在"整体者"看来，放在谁家都一样啊。

可见，分别心越小痛苦越小，分别心越大痛苦越大。

反之，当这个"小"按照小我、大我、本我、小家、家、家族、国家、人类、苍生、宇宙这样的次第扩展，来自小我的焦虑便逐次削弱，直至于无。

可见，这个"小"是被"分别"出来的。

现在，我们反其道而行之，通过把自我认同的财富、力气、智慧给予他人，我们的心量就打开了、扩大了，结果是，焦虑消失，安详到来。

对于一个村落级心量的人，家的得失已经不会对他造成焦虑了；对于一个世界级心量的人，村落的得失已经不会对他造成焦虑了。而对于一个以"大整体"为家的人，已经不需要作"回家"想了，终极归属的焦虑自然消失了。

实践一段时间，我们会发现，"给"的方式更加润物无声，比如一个公益倡导，比如一个公益访谈，比如给世人做一个好榜样，比如用"四两拨千斤"的方式引动更多的人去给予，等等。

再实践上一段时间，我们还会发现，在给别人的过程中，我们有了力量感。这时，我们就懂得了什么叫"量大福大"。事实上，量大也会力大。我们才知道，真正的力量是与我们的心量对应匹配的，这大概就是古人讲的大则势至吧。

无疑，最究竟的"给"是点亮他人的心灯，帮助他人找到本有的光明。在长篇小说《农历》中，我写到这么一个故事：盲女夜行，老师让她掌灯避人，不料还是被一个人撞了个满怀。盲女说，难道你就没有看到我手里的灯吗？那人说你手里的灯早已灭了。盲女当下开悟，原来任何外在的光明都是不长久的、靠不住的，一个人得有自己的光明。

课堂练习

(一)理解与思考

1.请解释"给"在文中的含义，并结合实际生活举例说明你对"给"的理解。

2.文中提到"人为什么会生气？生气是因为自我被冲撞。人在什么情况下不生气？无我。"请谈谈你对这句话的理解，并思考如何在日常生活中做到"无我"。

3.作者认为"所有的痛苦都是因为'小'造成的"，请阐述你对"小"的理解，以及如何避免因"小"而产生痛苦。

(二)分析与讨论

1.文中列举了阳光、空气、时间、空间等例子来说明天地精神的"给"，请你再列举一些生活中的例子，说明"给"是天地精神，并分析其对人类社会的影响。

2.以颜回"不迁怒，不贰过"为例，讨论"利他"与"无我"之间的关系，以及如何通过"利他"实现"无我"。

3.结合文中关于心量扩展的内容，讨论不同心量的人在面对得失时的不同表现，并思考如何提升自己的心量。

（三）一周践行记录作业

"给"的实践周：在接下来的一周内，开展"给"的实践活动。每天设定一个与"给"相关的实践目标，并记录实践过程和感受。

日期	践行任务	记录内容
第一天	践行物质上的"给"，整理自己的衣物、书籍等物品，将不再使用但仍有价值的物品捐赠给学校的爱心捐赠站或社区的贫困家庭。	记录下捐赠物品的过程以及自己的心理变化，思考这种捐赠行为对他人和自己的意义。

日期	践行任务	记录内容
第二天	践行体力上的"给"，主动参加一次校园志愿服务活动，如帮助图书馆整理书籍、协助学校活动布置场地等。	记录下活动中的具体工作和自己的体验，分析在付出体力帮助他人的过程中，自己获得了哪些收获。
第三天	践行智力上的"给"，利用课余时间为学习上有困难的同学辅导功课，分享自己的学习方法和知识。	记录下辅导同学的过程以及同学的反馈，体会将自己的智力成果给予他人所带来的成就感。
第四天	践行精神上的"给"，在与室友或同学交流时，多给予对方鼓励和赞美，关注他们的情绪和需求，给予情感上的支持。	记录下交流的场景和对方的反应，思考这种精神上的给予对人际关系的积极影响。
第五天	践行"给"的倡导，在社交媒体上发布一条关于公益活动或"给"的精神的宣传内容，引导更多人关注和践行"给"。	记录下发布后的点赞、评论等反馈，分析自己的倡导行为可能产生的影响范围。

日期	践行任务	记录内容
第六天	践行以自身为榜样的"给",在校园内遵守规则、爱护环境,以自己的良好行为影响身边的人。	记录下身边人的反应以及自己在这个过程中的感悟,思考榜样的力量在践行"给"的精神中的作用。
第七天	回顾这一周的实践活动,总结自己在"给"的实践过程中的收获和体会,思考如何将这些实践经验融入到未来的日常生活中,持续践行"给"的理念,走进安详。	

课后心得感悟

_____

_____

_____

2. 通过"守"走进安详

——探寻通过"守"实现心灵安详、提升生命品质的路径

"守"是让心归到本位,让行归到伦常。

要让行归到伦常,就要首先搞清楚什么是缘分和本分,对此,我在《〈弟子规〉到底说什么》一书中有过专门阐述。

而要让心归到本位,就要回到现场。

更多的时候,人的心不在现场,所谓"神不守舍"。许多错误和灾难都是在神不守舍时发生的,比如司机走神,比如口舌之战。在我看来,疾病也是在神不守舍时发生的。当我们长期心不在位,与之一一对应的"身"就会出问题,因为只有身心匹配才会阴阳两全,只有阴阳两全,才不会造成生理的短路和断层,这也就是古人讲的病由心造的道理。而焦虑和抑郁就更是心不在现场的结果。

只有心回到现场，我们才能"躲开"时间。只有"躲开"时间，我们才能免于焦虑。一切焦虑，究其根源，都是因为时间。人们之所以患得患失，是因为有时间在；人们之所以恐惧，是因为有时间在；人们之所以悲观，是因为有时间在。

只有心回到现场，我们才能进入整体。一定意义上，整体也是安详之体。因为整体，我们释然；因为整体，我们安然；因为整体，我们放心；因为整体，我们放松；因为整体，我们自信；因为整体，我们满足。就像一个孩子，当他回到家里，回到父母身边，就再不需要提心吊胆一样。同样，因为整体，我们能够听；因为整体，我们能够看；因为整体，我们能够呼吸。

以呼吸为例，它的生生不息及无条件关联性告诉我们，所有生命都是整体的一部分，所谓同呼吸，共命运。因为同呼吸，所以共命运。相反，因为共命运，所以同呼吸。既然整体如此优越，那么我们只需要把自己交给整体即可，因为整体什么都不缺，什么都不坏，它的特性是生生不息，圆满自足。

只有心回到现场，我们才能把生命变成和谐。曾经很重地关门，心想门无知，轻重何妨。后来悟到，轻重和门无关，而是轻时，自己收获了一份爱心。当我们能够轻轻地把门关上，轻到听不到门和门框的触碰声时，就会觉得门不再是门，而是一个生命。这时，我们的心里会有爱发生。一个人总是对物件轻拿轻放，时间久了，也会对感情轻拿轻放，小心翼翼，伤感情的话就会少说，伤感情的事就会少做，家庭冲撞就会减少，和谐就会增多。到单位也同样，到社会也同样。一个人总是对物件轻拿轻放，时间久了，也会对责任轻拿轻放，小心翼翼，错误就会减少，遗憾就会减少。同理，他也会慎重对待欲望、诱惑。因此，《弟子规》所言"缓揭帘""宽转弯"，看上去是一个动作，却关系到人的成功和幸福。

只有心回到现场，我们才能把生活变成诗意。当我们回到现场，再看到一个水果，会有一种感觉，它是一个十分自足的世界，那么美妙，那么不可思议。面对它，有时会有种非常强烈的感觉，仿佛能进入它的内部——因为它本身就是一个世界，完美的世界——我们甚至都有些不忍心吃它。至此，一个人的慈悲心就生起了。真是"一花一世界，一叶一菩提"。

只有心回到现场，我们才能获得真正的智慧。现场是智慧的源泉。智慧和知识不同，智慧是一个人的慧力，它是由能量、妥善、圆满、速度、成功构成的，或者说，它是由能量、妥善、圆满、速度、成功体现的。有些人可能学富五车，但处理问题却是一塌糊涂；有些人只字不识，却可渡人于岸——六祖慧能就是典型。来自现场感的智慧是由源头提供的，有些类似于写作中的"灵感"。它显然是一个赏赐。既然是一个赏赐，就对接收者的清净度要求很高。当一个人能常常"接收"它的时候，他的清净心就生起了。

课堂练习

(一)理解与思考

1.文中提到"病由心造"，结合日常生活中的例子，谈谈你对这一观点的理解。

2.为什么说"一切焦虑，究其根源，都是因为时间"？请根据文章内容简要阐述。

(二)探讨与分析

1.在现代快节奏的生活中，有哪些常见的情况会导致心不在现场？如何通过回到现场来缓解焦虑和压力？请分析讨论并分享。

2.文中说"一个人总是对物件轻拿轻放，时间久了，也会对感情轻拿轻放"，从心理学或社会学角度分析，这种行为习惯与对待感情、责任之间存在怎样的内在联系？

3.智慧与知识不同，文中指出智慧是由能量、妥善、圆满、速度、成功构成或体现的。在学习和生活中，怎样做才能培养和提升自己的智慧，而不仅仅是积累知识？请发表自己的见解并展开讨论。

课后心得感悟

_____

_____

_____

只有我们随时随地都能回到现场，并且明明白白地感受着这个现场，安详才能到来。

那么，如何才能回到现场？有以下几种方式可以采用：

一是找到现场感

所谓现场感，就是不要离开本体，或者说和本体保持同步。这个"感"，近似于"感觉"，又不同于"感觉"，它是感觉的总部，比感觉更自觉、更主动、更永恒。

就像一棵树上的花朵虽然有别，根却只有一个，这个"根"，就是现场感。热是感，冷是感，饥是感，寒是感，疼是感，痛是感，都是感。热、冷、饥、寒、疼、痛有别，但"感"无分别。这个无分别的"感"，也许就是本质所在，就是整体所在，就是永恒生命力所在。由此可知，只有进入这个"感"，才能进入平等。

为此，古人为我们设计了许多方便。《弟子规》讲，"执虚器，如执盈"，端着一个空杯，就像端着一个满杯；"缓揭帘""宽转弯"，只有"缓"，只有"宽"，我们才能"感到"自己。

具体来说，吃饭时要明明白白地尝到每一口饭菜的味道；喝茶时要明明白白地让口唇、舌头、喉咙、食道感觉到，明明白白地跟踪它，一直到胃里；走路时要明明白白地觉到每一步提、移、落、触的过程；睡觉时要明明白白地听到自己的心跳；说话时要明明白白地听到自己在说什么；起心动念时要明明白白地知道如何"起"，如何"动"，如何"落"，等等。

对于生命来讲，这个"明明白白"太重要了。如果我们在品"这一口"茶时错过了茶，我们即使把《茶经》背个滚瓜烂熟，也找不到茶。如果我们在喝"这一口"水时错过了水，我们即使泡在大海里，也找不到水。

体尝过一段时间的"现场感"之后，我们就会发现"感觉"比"思想"离本体更近，离安详更近，离喜悦更近，也离能量更近。就是说，它更有价值。"感"是我们和大本体的通道，它通过眼、耳、鼻、舌、身、意发生，它本质上是我们的"神"，是一种来自整体性的能量。

当这种"感"稳定下来时，本体能够时时刻刻跟踪"我"。同时我们会明明白白地感觉到我们和大本体的同根性、同源性。随之，我们会有一种安全感、力量感，因为同根，因为同源。这时，焦虑自动消失，烦恼自动消失。这时，我们不由得感恩。这，也许就是"感恩"一词的来处。由此可知，只有"感"到，才能"得"到。

一个人，只有他的这个"感"出来，才能和天、地、人"交流"，否则，他是一个闭塞的系统，一个"伪生命"系统，维持其生命运转的就只是惯性，不是本性。本性的枝叶是"感"，本性的触须是"感"。

当一个人的"感"打开时，喜悦之泉就会打开，这时，幸福就不再是盛在杯里的水，而是在源源不断地流淌。现在有不少人在讲成功学，但大多在讲如何把水存在壶里，倒在杯里，而不是让它汩汩流淌，源源不断。就是说，他讲的还是流的原理，不是源的原理。有了源，就有了一切，因为源来自大本体。"会心当处即是，泉水在山乃清"，"是"什么？是真之所在，是美之所在。这个"是"，正是通过现场感获得的。如果我们舍近求远，舍本求末，结果是一生都在追逐，到头来既见不到"山"，也见不到"水"，当然也见不到"心"。

一个人如果找不到现场感，要想做到"守"是不可能的。比如我们常常犯的错误，打开水龙头往桶里接水，心想，还得等一会儿才能接满，就去干别的事了，可是这一干，就把接水的事给忘了，结果让水溢了一地。再比如上网，本来是要到网上搜索一句话的，但搜着搜着，就被别的信息勾引跑了，上网的初衷被忘得一干二净，有时一两个小时过去都浑然不觉。正是因为走得太远，我们常常忘了因何出发。而一个有过现场感训练的人，会分配他的知觉，"分知觉"的"目"在劳动，"总知觉"的"纲"永远把控着这个"目"，而不会让他因为"目"的精彩而忘了"纲"。由此可知，现场有大现场和小现场，知觉有总知觉和分知觉，人格有大人格和小人格。

课堂练习

(一)理解与思考

1.文中提到现场感是感觉的总部，比感觉更自觉、更主动、更永恒。请结合自身经历，谈谈你对现场感这种特性的理解。

2.为什么说"只有进入这个'感'，才能进入平等"？依据文章内容进行简要阐述。

3.作者以吃饭、喝茶、走路等日常行为为例，说明要"明明白白"地去感受。请分析这种"明明白白"对于体验生活和认知自我有什么重要意义？

(二)探讨与分析

1.在学习和社交活动中，有哪些情况会使我们难以找到现场感？分析并提出具体的解决办法，重新找回现场感。

2.从心理学角度分析，现场感的缺失与人们容易被外界信息分散注意力(如上网时被无关信息吸引)之间存在怎样的关联？如何通过培养现场感来提升注意力和自控力？

课后心得感悟

_____

_____

_____

据我的经验，一个人是否找到了"现场感"，有如下几个标志：

一是当下感。

能够随时回到当下，随时清晰地"感"到呼吸，甚至感到"呼吸之根"。会对身体非常敏感，接着对环境非常敏感，身体对环境也非常敏感，冷、热、痛、痒都有种放大之感。比如累了，会知道那个"累"是在什么地方发生的，如果能够成功跟踪这个"累"，它会渐渐化掉。后来还会有宏观和微观通感，虚空和微尘通感。可以随时"入流"，但不"忘所"。

二是喜悦感。

觉得生命中时时都有一种喜悦感，也就是焦虑感消失。如果一个人的焦虑还在，说明还没有找到现场感，因为"现场"中无焦虑。比如，去缴电话费，如果前面排着长队，找到现场感的人将不再着急，不再催促；如果他还着急，还埋怨工作人员怎么这么慢啊，说明还没有找到现场感。

三是享受感。

觉得时时事事都在享受。这才发现，快乐就在"现场"，就是"现场"的一种"感"。因此，回到"现场"是一个境界，体会这个"感"又是一个境界。回到"现场"是寻证，而"感"既是寻证，又是享受寻证。由此，曾经让我们厌烦的工作转为我们喜悦的资源，工作量变成了喜悦量。一个找到现场感的人，他对世界的感知力提高了，世界在他面前变得更丰富，更有层次感、维度感，更有诗情画意，更有生命力，他的幸福指数自然就大幅度提高了。这才明白，无用之用，才是大用。相对于世俗目标来说，现场感是无用的，但事实上，它是大用，是生命的全部，因为我们恰恰在这个"无用"中尝到了生命的原味。

四是同味感。

如果我们找到现场感，就会发现这个世界上还有一种不是甜却又在甜中、不是辣却又在辣中、不是苦却又在苦中的味，这个味，就是"无味之味"。它事实上是一种更重要的味——就像水，它不是咖啡，但没有它我们尝不到咖啡味；它不是茶，但没有它我们也尝不到茶味。它是味的"底"。这样，我们会觉得生活中的一切都是那么美好，由此，我们就能够全然享受生活，包括曾经厌恶的生活。

五是超然感。

因为能看清世间的真相，所以能超然于生活之外，甚至生命之外，但又不排斥生活，不排斥生命。他会非常淡定，又非常积极。他在奔走、奉献，但心如止水。可谓"从心所欲，不逾矩"，可谓"穷则独善其身，达则兼善天下"。

六是整体感。

能够用"一"思维看问题，它的特性是整体性、圆满性、平等性、智慧性、力量性。中华民族一直强调集体意识，强调利他，强调爱，强调"家和万事兴"，正是因为"和"是整体的表现，爱是生命力的表现。

课堂练习

(一)思考与理解

1.文中说找到现场感的人会有当下感，能清晰感知呼吸甚至"呼吸之根"。结合你自己的经历，描述一次你感受到当下的时刻，当下你对身体和环境有怎样特别的感知？

2.为什么说在现场感中焦虑会消失，以排队等待为例，分析焦虑与现场感缺失之间的联系。

(二)探讨与分析

1.在日常学习生活中，比如参加讲座、小组作业讨论时，哪些行为或状态可能表明缺乏文中所说的喜悦感和享受感？

2.从社会学和心理学角度，分析在校园生活、社团活动中，整体感对个人成长和集体氛围营造的重要性，以及如何通过培养现场感来增强整体感。

3.举例说明在面临学业压力、未来职业选择等复杂情境时，具备超然感的人会如何应对，而缺乏超然感又会导致怎样不同的结果？如何在生活中逐渐培养起超然感？

课后心得感悟

_____

_____

_____

二是"后退"

比如，我们看到或者想到了一个目标，心里有了占有的念头时，会马上意识到进入了"想法"，如果我们立即从这个"想法"里"后退"，退到一个"没有想法的地带"，就会发现因占有欲而产生的焦虑消失了，我们重新回到喜悦中。同时还会有种荒唐感，觉得自己刚才怎么动了这么一个无聊的念头。这个"没有想法的地带"，应该就是本体地界，或者说是本体地界的通道了。

一切焦虑都产生在"想法层"。理论上来讲，当我们把"想法层"端掉，焦虑的根就被挖了。

但事实上，对于现代人来讲，要把"想法层"彻底端掉，是几乎不可能的。因为这本身就是一个生产"想法"的时代，面对洪水一样的意识流，怎么会没有"想法"？因此，用闭关自守、逃脱生活、减少意识关联点、消灭"想法"诱因的办法，都已经无法做到。

可以采用的办法是随起随退，就是"想法"才起，马上就退，让焦虑没有浮出水面的机会。当然，要马上退，首先要我们马上意识到"想法"已经起来。通常情况下，当我们意识到时，"想法"自动破灭（这个"意识到"，就是本觉。我们之所以会有不安全感，是因为把错觉当本觉。我们之所以会有终极焦虑，仍然是因为把错觉当本觉）。

这种"马上"的功夫，决定了一个人回到现场的功夫，也在一定意义上决定着一个人的幸福指数。

如果没有这种"马上"的功夫，生命就常常被惯性掌控。

换句话说，更多的时候，生命都由惯性体操作，本体在沉睡。只要我们能够随时发现惯性体，本体就会随时醒来。原来，平时跟我们捣蛋惹我们烦恼的正是惯性体。比如，等我们发现，水已经倒在杯里了，你会惊讶，是谁指挥身体倒的？是惯性体。那个指挥者是如何发出的指令，我们不知道。可以肯定的是，那一刻，我们不在现场。许多错误都是在那个状态里发生的，因为惯性体没有无条件准确性。

只有我们能够随时发现"想法"，认清"惯性"，才能真正回到现场，走进安详。人之所以烦恼，是因为"走丢了"。而消除烦恼的唯一途径就是"回归"。

课堂练习

(一)理解与思考

1.文中提到当有占有的念头时,从"想法"里"后退"能消除焦虑,结合自身经历,描述一次类似因"后退"而改变心态的事件,当时你的念头和感受是怎样的?

2.为什么说一切焦虑都产生在"想法层"?请依据文章内容简要阐述。

3.解释文中"把'想法层'端掉"的含义,为什么对于现代人来说这几乎不可能?

(二)探讨与分析

1.在学习和社交生活中,有哪些常见的"想法"容易让我们陷入焦虑,比如在学业竞争、人际关系方面?分析如何运用"后退"的方法来应对这些焦虑。

2.从心理学角度分析,惯性体是如何掌控人们行为的?在生活中,有哪些行为表现可能是惯性体在主导?怎样增强对惯性体的察觉以回到现场?

3.在面对学校丰富多彩的活动和各种诱惑

时,如何培养"马上"从不当"想法"中"后退"的功夫?分享各自的经验和计划,讨论具体可行的训练方法。

课后心得感悟

_____

_____

_____

三是进入"不允许分心环境"

不允许分心环境可以让我们"强行"体会"准现场感"。比如用极简方式洗茶：把开水倒进茶杯，倾斜杯子，用一根筷子把茶叶挡在杯口，把杯里的水倒尽，但又不让一片茶叶出来。

可见，日常生活中，很多时候我们是在"准现场"的，却没有意识到，比如把刚烧开的水倒进暖瓶，比如走单杠，比如打球，比如书画家进入创作状态，只是我们没有把它自觉化、日常化，特别是没有把它"感"化。

当然，最终我们要从"不允许分心环境"到"现场感"。

由此可知，在现场是一种身心全然在场又被"感"的状态，特点是"这时""这事"同时和"身""心""感"发生关联。更多的时候，我们身在心不在，或心在身不在，因为我们的身心没有一个调和者——"现场感"。

回到现场是瞬间发生的，就像一个动作突然停止、一个思绪突然停顿，它是一个着陆的过程，只不过很快，不需要过渡。训练有素之后，我们会发现，烦恼是雪，现场感是阳光，阳光出来，雪自动化掉；烦恼是黑暗，现场感是阳光，阳光出来，黑暗自动消失。

我们还会觉得,现场感是一个巨大的熔炉,无论多么顽固坚硬的烦恼之木、痛苦之铁,一旦进入它,都会顷刻熔化。这种熔化力,来自安详,就是安详。

课堂练习

(一)理解与思考

1.文中以极简方式洗茶为例说明"不允许分心环境",请结合自身经历,描述一个你曾处于"不允许分心环境"的场景,当时你的感受和体会是怎样的?

2.解释为什么说很多时候我们处于"准现场"却未意识到,结合日常生活中的具体事例进行阐述。

3.分析从"不允许分心环境"到"现场感"的转化过程,说明这一转化对个人心态和行为的重要意义。

(二)探讨与分析

1.在学习环境中,如课堂、图书馆、自习室等,有哪些情况可以被视为"不允许分心环境"?分析如何充分利用这些环境来培养自己的"现场感"。

2.从心理学角度分析,长期处于分心状态对大学生的认知、情绪和行为会产生哪些负面影响?如何通过进入"不允许分心环境"来改善这些状况,逐步建立稳定的"现场感"?

(三)一周记录践行作业

"守与回到现场"实践周:在接下来的一周内,开展"守与回到现场"实践活动。每天设定一个与"守"或"回到现场"相关的实践目标,并记录实践过程和感受。

时间	践行任务	记录内容
第一天	践行"找到现场感",在吃饭时,专注于每一口饭菜的味道、口感和咀嚼的过程,明明白白地品尝食物,不玩手机或进行其他分心的活动。	记录下自己在吃饭过程中的感受和体验,思考这种专注对饮食和心情的影响。
第二天	践行"后退",当在学习或生活中产生一个想要立刻完成某件事情的强烈想法时,尝试从这个想法中"后退",让自己冷静下来,思考这个想法是否合理。	记录下自己"后退"的过程和想法的变化,分析这种方式对缓解焦虑和做出更理性决策的作用。

时间	践行任务	记录内容
第三天	践行"找到现场感",在走路去上课或图书馆的途中,留意自己每一步的动作,感受脚与地面的接触,观察周围的环境和事物,不沉浸在自己的思绪中。	记录下自己在走路过程中的观察和感受,思考这种对当下的关注对心情和对周围世界认知的影响。
第四天	践行"进入不允许分心环境",选择一项自己平时不太擅长或容易分心的学习任务,创造一个安静、没有干扰的环境,全身心地投入到任务中。	记录下自己在这个过程中的专注程度和完成任务的情况,分析"不允许分心环境"对提高学习效果的作用。
第五天	践行"找到现场感",在与同学或朋友交流时,专注于对方的话语和表情,认真倾听,不打断对方,同时留意自己的回应和感受。	记录下交流的过程和自己的体验,思考这种专注的交流对人际关系的积极影响。
第六天	践行"后退",当遇到一件让自己感到不满或生气的事情(如排队时有人插队、被老师批评等)时,尝试从这种情绪中"后退",分析自己情绪产生的原因,思考更合理的应对方式。	记录下自己处理情绪的过程和最终的结果,分析"后退"对控制情绪和解决问题的帮助。

续表

时间	践行任务	记录内容
第七天	回顾这一周的实践活动，总结自己在"守"和"回到现场"方面的收获和体会，思考如何将这些实践经验融入到未来的日常生活中，持续保持内心的安详和专注。撰写一篇总结报告，分享自己在实践周中的成长和感悟。	

课后心得感悟

_____

_____

_____

_____

_____

_____

3. 通过"勤"走进安详

——探索以"勤"为径，开启通往心灵安详、实现自我成长之门

金刚钻之所以无坚不摧，是因为它的密度；而生命的密度，正是由"勤"决定的。相同时间里，我们比他人完成了两倍的细节，我们的密度就是他人的两倍。

"勤"在本质上是对时间的致敬。通常情况下，人们认为时间是无生命的。这不对。在传统生命维度内，时间一定是生命体，一定是呼吸体，我们浪费时间，就是在欠大账。

在寻找安详的过程中，我越来越深切地感到时间是物质的、具体的，就像手上的粉笔，只要你写，它就会短下去；又像阳光下的雪，即使你不动它，它也会薄下去。对于一个人来说，它有一个总量，就像一缸米，只要你用，它总会完。

那么，拿这有限的时间用来做什么，就成了关键。

对于一个要成为物质富翁的人来说，把一天时间耗在股市上是正确的，但对一个想做精神富翁的人来说，把一天时间用在股市上显然是错误的。精神富翁也许不反对财富，但财富应该是朝着精神高地行走产生的副产品。对有更高超越性追求的人，他就会把这"一碗米"用在终极目标上，哪怕进项不多。由此看来，目标成为关键中的关键。

"勤"意味着行动力。一粒种子，只有落地才能生根，发芽，开花，结果，否则，它永远是一粒种子；一块面包，只有我们食用它，才能变成我们的能量，否则它跟我们的生命没有任何关系。

课堂练习

(一)理解与思考

1.文中提到"生命的密度由'勤'决定"，请结合你的理解，举例说明在学校生活中，怎样的行为体现了通过"勤"增加生命密度？

2.为什么说时间是有生命的，浪费时间就是在欠大账？从文章观点出发阐述时间与生命的关系。

(二)探讨与分析

1.在学生阶段,许多同学都有提升自我的目标,但往往难以保持"勤"的行动力。分析在学校环境中,有哪些因素容易导致同学们行动力不足,针对这些因素可以采取哪些措施来提高行动力,以践行"勤"的理念?

2.从社会现象来看,当前部分学生存在过度沉迷娱乐、浪费大量时间的情况。从文章中关于时间和"勤"的观点分析,这种现象对个人成长和未来发展会产生怎样的影响?如何树立正确的时间观,通过"勤"走向安详?

课后心得感悟

_____

_____

_____

有一些儒学专家、道学专家、佛学专家、心理学专家，虽然学术水平很高，但烦恼依旧，灾疾依旧，什么原因？就是因为他知而无行。这就像许多"财富专家"恰恰没有财富一样，因为赚钱除了要知晓理论，更需要去播种，去耕耘。

还有一些人，要么去寺院、道场皈依，要么拿出一生的积蓄去朝圣，但仍然和吉祥如意无缘，原因何在？在我看来，问题就在"行"字上。

我们要收看某套电视节目，必须和它的频道相应才行，否则，即使你坐在电视台台长的家里，也无法看到这套节目。可见"同频"是关键中的关键。因此，真正的朝圣，在我理解，应该是和圣人的频道相应，应该是完全按圣人的教诲去做事。如果我们不依教奉行，那么即使每天把圣人的名号挂在嘴上，把圣人的经典背个滚瓜烂熟，也没有用。同样，我们要获得安详和喜悦，就要和安详、喜悦的频道一致。

一个密不透风的"勤"，背面就是安详。许多人的安详之所以不能出来，就是因为"勤"是透风的、不究竟的；因为这个透风，这个不究竟，才有了心猿意马，就是说，我们给了意识开小差的机会。而在意识开小差时，感和觉就被干扰，来自本体的安详之光就无法流淌。我们一定有这样的体会，当专注于一件工作时，恰恰没有焦虑；闲下来时，焦虑到来。可见带给我们焦虑的是意识。为此，仅仅从消除焦虑的角度，"勤"也非常重要。这时，我们会突然发现，"勤"在本质上也是现场感的一个媒介。

强调"勤"，事实上是强调从细节做起，从改过做起，从衣食住行、待人接物做起，不放过每一个因缘。

为什么不能放过每一个因缘？打个比方，我们要拨通一个人的电话，需要把对方的每个号码都拨对才行，如果对方的号码是七位数，我们只拨对了六位，电话是通不了的。看到一个介绍，在日本，工人即使对老板非常有意见，也不会敷衍工作。他会在头上绑一根白布条表示抗议，但对手中的工作，永远尽心尽力。因为他知道，工作是在完成自己，跟老板没有关系。

一个人因为对老板的不满生产了一件次品，他生命的账单上就永远留下了一个漏洞，对于生命本体来讲，这是一个永远无法弥补的遗憾，因为时空的特性是不可再来，不可复制。如果我们在一个特定的时空点把一个工序做错了，把一句话说错了，将不再有可能更正，因为那个特定的时空点已经永远像流水一样流走了。这正好反证了"在现场"的重要。可见，一个人如果不在现场，事实上是不可能不犯错误的。

回头再说老板。其实，我们所有人都在给一个"大老板"打工,所有工作事实上都是自己和"大老板"的一个约定,和小老板没有关系。一个个缘分,看起来是我们和世事的关系,究其本质,是"大老板"在我们生命中的展示。我们错误地处理了一个缘分,就等于我们向"大老板"犯下了一个错误。

因此,写下"不用扬鞭自奋蹄"这句话的人,肯定明白这一点。它是一个主动、一个自愿,真正的敬业正是从此而来,真正的心量正是由此而来。想想看,一个人心怀与"大老板"的约定做事和心怀与"小老板"的约定做事,其效果该是多么不同。

课堂作业

(一)理解与思考

1.文中指出一些专家虽学术水平高却烦恼依旧,原因是知而无行。请结合自己的学习生活,举例说明"知而无行"的现象,并分析其带来的影响。

2.为什么说"勤"的背面是安详?从文章中找出依据,并结合自身经历谈谈对"勤能减少焦虑、带来安详"这一观点的理解。

（二）探讨与分析

1.在现代社会，各种娱乐和社交活动占据了学生大量的时间，导致很多人无法做到"勤"。从文章中"勤"与安详的关系出发，探讨应该如何在这种环境下，克服外界干扰，培养勤奋的习惯，从而走向安详。每人分享自己在面对娱乐和社交诱惑时，保持勤奋的经验和方法，分析如何将这些方法应用到日常学习和生活中。

2.结合文中关于"同频"的论述，分析在追求梦想和实现自我价值的过程中，如何通过"勤"与自己的目标"同频"。讨论在这个过程中，可能会遇到哪些困难和挑战，以及如何通过调整自己的行为和心态，保持与目标的一致性。

3.以学校的社团活动为例，分析在社团工作中，如何体现"勤"的精神。讨论社团成员如何通过勤奋工作，从细节做起，不放过每一个因缘，为社团的发展做出贡献，同时也实现自身的成长。探讨在社团活动中，如何通过"勤"来培养自己的责任感和敬业精神。

(三)一周践行记录作业

"勤"的实践周：在接下来的一周内，开展"勤"的实践活动。每天设定一个与"勤"相关的实践目标，并记录实践过程和感受。

时间	践行任务	记录内容
第一天	践行"勤奋学习"，提前制定当天的学习计划，合理安排时间，认真完成每一项学习任务，包括课堂学习、课后作业、阅读书籍等。	记录下自己在按照计划学习过程中的专注度和完成任务的情况，思考这种勤奋学习对知识掌握和学习效率的影响。
第二天	践行"勤奋做事"，主动承担一项宿舍或班级的任务，如打扫卫生、组织活动等，认真对待每一个细节，尽自己最大的努力做到最好。	记录下在完成任务过程中的体验和收获，分析勤奋做事对团队协作和自身责任感培养的作用。
第三天	践行"勤奋自我提升"，利用课余时间学习一项新技能或培养一个新的兴趣爱好，如学习一门外语、练习书法等，每天坚持投入一定的时间和精力。	记录下学习过程中的进步和遇到的困难，思考通过勤奋学习新事物对个人成长和丰富生活的意义。

时间	践行任务	记录内容
第四天	践行"勤奋反思与改进",在当天晚上回顾自己一天的行为和决策,思考哪些地方做得好,哪些地方可以改进。针对发现的问题,制定改进计划,并在第二天尝试实施。	记录下反思和改进的过程以及对自己行为的积极影响。
第五天	践行"勤奋社交与沟通",主动与同学、老师或朋友进行交流,积极参与小组讨论、社团活动等社交场合,认真倾听他人的意见和想法,积极表达自己的观点。	记录下在社交过程中的互动情况和自己的感受,分析勤奋社交对人际关系拓展和个人综合素质提升的影响。
第六天	践行"勤奋时间管理",使用时间管理工具,如时间管理App,记录自己一天中每个时间段的活动,分析时间的分配是否合理,找出可以优化的地方。	记录下时间利用效率的变化和自己的感受。

时间	践行任务	记录内容
第七天	回顾这一周的实践活动,总结自己在"勤"的实践过程中的收获和体会,思考如何将这些实践经验融入到未来的日常生活中,持续保持勤奋的状态,走向安详。	

课后心得感悟

_____

_____

_____

4. 通过"静"走进安详

——探寻以"静"为舟，驶向心灵安详彼岸之路

　　生活中，有时我们感受不到世界的富有和美丽；没有静，根本智慧无法起作用，诗意无法发生；没有静，心神无法安宁，而心神不宁的直接结果是灾疾。对于整个社会来讲，没有静，就意味着没有和谐，没有幸福。

　　古人之所以十分看重静，因为静是生命力，或者说是生命的体。累了一天，睡一觉，精神百倍，补给能量的正是静。这个静，既是状态，又是能量。男女之爱之所以吸引人，正是因为借助于对方让我们暂时回归静。如果我们能够在自身找到这个静力，就不需要借助对方回到静了。同时，它还告诉我们，生命是在静中孕育的，尽管它看上去是激情，但那个激情正好是另一种静，因为在那个时间段里，我们没有杂念产生。因此，这个静和速度无关。出色的舞蹈演员在舞蹈时，看上去在动，但她的心是静的，因此才打动人，而她自己也在享受中。

既然静能够孕育生命，那就意味着它能够孕育一切，包括智慧。现在我们就会明白，古人为什么半日读书半日静坐。明白了其中的道理，我们就会知道，读也是静，静也是读。

　　在今天，能够体会到静、享受到静的人，已经不多了。因为我们的环境已经没有了静地。古人对静地的要求是，九里之内听不到牛叫声，显然，现代社会无法找到这样的地方了。当年回老家，当我走进那个小山村，从那个山头走过的时候，就觉得进入了一种节奏，那是一种巨大的、充沛的、富有磁性的静。每晚，我都要出去，一个人坐在山头上。抬头，明月就在当空；一伸手，星星就在掌心。那种寂静，真是有种融化人的力量。那一刻，我能够实实在在地体会到来自浩瀚宇宙的无尽滋养。这些年，已经没有当年的感觉了，因为村里已经有拖拉机、摩托车和小汽车这些东西了，当年那种持久的浓烈的厚实的寂静，已经无缘享受了。

　　为此，"闹中取静"就成了一个课题。我尝试过通过一个对象物，致心一处取静。比如把一本经典读一千遍，把一首歌唱一千遍，觉得有效果。当下瑜伽之所以流行，大概也是这个原因，通过一定难度的动作，让如猿之心、如马之意暂时黏在上面，给本体一个浮出水面的机会、回家的机会、喘息的机会。也就是通过一念，到达无念。

之后，我又尝试通过"现场感"取静，不料效果更好。比如，在非常热闹的环境，完全跟随那种热闹；在非常喧哗的场合，完全跟随那种喧哗。不久，就体会到了一种黏在言行思维上的"反照力"，然后回住在这种"反照力"上，一种原来不曾体会过的喜悦发生了，有些妙不可言。

现在看来，它是一种跟踪力、观照力、觉察力。

它，应该就是静的核。

蓦然发现，由不安静带来的焦虑消失了。

因此，对于现代人，我更愿意推荐通过现场感取静。一个人找到了现场感，他就会发现，生活和工作本身就是瑜伽；他就会发现，曾经在瑜伽馆里做的那些还是一个生活的分别，还不究竟。

自此，我不再赞同那些执意放弃城市生活到乡村去寻觅桃花源的做法，因为"放弃"这个词本身就是执着，正确的做法应该是安处。就是说，如果我是城里人，我安处在城里；如果我是乡村人，我安处在乡村。问题是，现在的乡村人想到城里，城里人想到乡村，时代处在一个"大非分"之中，一个再大不过的"非静"就这样产生了。桃花源不在别处，就在心里。如果一个人的心里有桃花源，他就会随时随地安处。想想看，如果世界上的每一个人都能随时随地安处，这个世界是不是就是和谐社会了？这时，我们就会理解老子为什么要讲"鸡犬之声相闻"，却"老死不相往来"，因为没有必要，因为当处就是桃花源，不需要跑来跑去，徒劳心神。

这才明白，"农历精神"之所以滋养人，因为农历本身就是一个静，这在古老的年俗中体现得尤其突出。无论是守岁、点明心灯，还是出傩，都会把人导入大静。这才明白，既然生命来自静，来自安详，那么我们进入静，进入安详，事实上就是回家。这才体会到为什么年关到来，人们要不顾一切地回家。可见，大年本身就是一个回家情结的集体无意识，是中华民族的一次集体精神还乡。这才明白，静是一种回家的方式。放过爆竹的人一定有这样的体会，在爆竹点燃到爆破的那个时间段里，人是在现场的，虽然这个过程看上去"热闹"，但它本质上是"寂静"的，因为在那一刻，我们的内心了无杂念，只有"期待"。事实上，它是一种不需要期待的期待，说静候可能更准确。就像鞭炮，当火星从捻子迅速地走向炮身，直到那一声脆响发生的时候，一个人的心里只有现场和现场感。这不正是一种通过动态完成的静吗？在那一刻，你会发现，你的心和时间是平行的，如果说时间是一个湖面，那么你就是静泊在湖面上的一叶扁舟。

让我们乘着这叶再美丽不过的扁舟——回家。

课堂练习

(一)理解与思考

1.文中提到静是生命力,是生命的体,累了通过睡觉能恢复精神是因为静的补给。结合自己的日常作息,谈谈你对静在恢复精力、滋养生命方面作用的理解。在忙碌的学习生活中,有哪些方式可以让自己获得静的补给?

2.作者认为通过现场感取静效果更好,对于自己来说,在校园的各种场景中,如教室、图书馆、操场、社团活动现场等,如何运用现场感去取静?请举例说明。

3.为什么说"桃花源不在别处,就在心里"?在学校及生活中,面对竞争、挫折等,怎样才能在内心找到属于自己的"桃花源",实现心灵的宁静与安处?

(二)分析与讨论

1.在现代社会,各种电子产品和社交网络充斥着大学生的生活,使得安静变得愈发困难。从文中所阐述的静的重要性出发,分析电子产品和社交网

络对自己获得静的影响，并分析应如何在这样的
环境下主动创造条件去感受静、享受静。每个人分
享自己在面对电子产品诱惑时保持安静的经验和
方法。

2.结合文中关于"农历精神滋养人"的观点，探
讨在现代快节奏的生活中，传统节日和习俗所蕴含
的静的元素对自己的意义。例如在春节、中秋节等
节日里，可以通过哪些方式体会其中的静，从而获
得精神上的滋养，提升自己的内心修养。

3.以宿舍生活为例，分析在集体生活中保持静
的挑战和意义。讨论如何通过与室友的沟通和协
调，营造一个相对安静、和谐的宿舍氛围，让每个
成员都能在其中获得静的力量，促进个人成长和宿
舍关系的良好发展。

（三）一周践行记录作业

"静"的实践周：在接下来的一周内，开展"静"
的实践活动。每天设定一个与"静"相关的实践目
标，并记录实践过程和感受。

日期	践行任务	记录内容
第一天	践行"环境取静",寻找校园中相对安静的角落,如图书馆的安静区域、校园的小花园等,在那里安静地阅读一本自己喜欢的书籍,专注于文字,排除外界干扰。	记录下在这个安静环境中的阅读体验,包括注意力的集中程度、对书籍内容的理解和感悟,以及内心的平静感受。思考这种环境取静对阅读效果和心情的影响。
第二天	践行"活动取静",参加一项需要专注和耐心的活动,如读书、绘画、书法、手工制作等。在活动过程中,全身心投入,关注每一个细节和动作,体会内心逐渐平静的过程。	记录下活动中的专注状态和完成作品后的成就感,分析通过这种活动取静对自己的专注力和创造力的提升作用。
第三天	践行"现场感取静",选择一个热闹的场合,如学校食堂、热闹的商业街等,身处其中,尝试跟随周围的热闹氛围,同时留意自己内心的感受,觉察自己的思维和情绪。当杂念出现时,不刻意排斥,而是静静观察。	记录下在热闹场合中通过现场感取静的体验,以及对自己情绪和心态的调整效果。

日期	践行任务	记录内容
第四天	践行"日常作息与静结合",在日常的学习和生活中,注意保持规律的作息,按时起床、睡觉、吃饭。在每一项日常活动中,都尽量保持平静的心态,不急躁、不焦虑。例如,在排队打饭时,安静地等待,不抱怨;在上课听讲时,专注于老师的讲解,不被周围的小动作干扰。	记录下这一天日常活动中的心境变化,思考规律作息对保持内心平静的帮助。
第五天	践行"静思与反思",在晚上睡觉前,留出15-20分钟的时间进行静思。回顾自己一天的经历,思考哪些事情做得好,哪些地方可以改进。在反思过程中,保持内心的平静,不陷入自责或过度兴奋的情绪中。	记录下静思过程中的思考内容和内心的感悟,分析这种静思对自我成长和情绪管理的作用。

日期	践行任务	记录内容
第六天	践行"通过音乐取静",选择一段舒缓、宁静的音乐,戴上耳机,闭上眼睛,全身心地沉浸在音乐中。感受音乐带来的情绪变化,让自己的思绪随着音乐流淌,逐渐放松身心。	记录下在聆听音乐过程中的内心体验,以及音乐结束后自己的精神状态,思考音乐在帮助自己获得静的心境方面的独特魅力。
第七天	回顾这一周的实践活动,总结自己在"静"的实践过程中的收获和体会,思考如何将这些实践经验融入到未来的日常生活中,持续保持内心的宁静与平和。撰写一篇总结报告,分享自己在实践周中的成长和感悟,包括对静的更深理解、在不同情境下取静的方法和效果,以及静对自己生活和学习产生的积极影响。	

课后心得感悟

_____

_____

_____

5.通过"信"走进安详

——依托"信"之力量，探寻内心安详，
塑造美好大学生活

一个人要找到安详，应该让心先定下来，而要让心定下来，就要在心中存有"天意"。

在人间，天意表现为道德、伦理、因缘、程序。信天意，就要我们遵守道德、伦理、因缘和程序。道是生命的交通规则，德是按照交通规则去行走，红灯停，绿灯行，车走车道，人走人道；伦理是天地人的关系；因缘是古人对生命运化的规律性认识；程序就是"瓜豆原理"，种瓜得瓜，种豆得豆。

中国文化之所以推崇道德，是因为道德是人格动机。一个追求道德的人，他自然会向人格处用力，而不是"物格"。一个向人格用力的人，他的目光自然在"内"，心思自然在本质，这也就是古人为什么强调省察、觉察、觉悟。就是说，古圣先贤他们更加注重跟踪心意，而不是

跟踪物意，不是跟踪股票行情，不是跟踪机会。

中国文化之所以强调伦理，是因为伦理本身就是快乐，所谓"天伦之乐"。古人发现，父子之亲是快乐的种子，因此古人特别强调孝道。孝看上去是一个"向上"的姿态，事实上更是一个"向下"的姿态，这种"向上向下"的交汇，就像是植物在白天借茎叶把光变成能量，夜晚再用根把能量提供给茎叶，从而给家提供一种绵延不绝的温暖。一个充分体会过家的温暖的孩子，成人之后，自然会把这种温暖带到社会，成为一个温暖的种子。相反，一个从破碎家庭走出来的孩子，往往是对社会带有敌意的，这种敌意，很可能是一个反道德反社会的潜在因素。想想看，假使核武器掌握在一个内心充满着仇恨的人手里，将意味着什么？

中国文化之所以特别注重因缘，是因为因缘观让人释然。当一个人的心中有因缘这个概念时，他的辩证法就会完美得多，因为他知道一切都是因缘际会，所以就不会对物质过度贪恋，也就不会对爱恨情仇过度计较，因而淡泊，因而坦然，因而轻松，因而快乐。现代人之所以活得特别累，特别焦虑，就是因为大多人心中没有因缘这个概念，认为一切都是奋斗所得，包括爱情，包括幸福，这个逻辑自然会派生痛苦，派生焦虑，当然会派生灾难。

中国文化之所以特别敬畏程序，特别是无漏的程序，是因为它来自"天造地设"。这个无漏的程序，我把它称为"第一逻辑"。"第一逻辑"告诉我们，种瓜得瓜，种豆得豆，福自我求，命由我造，天网恢恢，疏而不漏。它是一种"天意版"的"大自然"系统，它在每个个体生命中自动运转，正是这套自动化的"大自然"系统，分毫不差地记录着人的所有言行，成了每个人的福气存折。一个人的健康、美丽、荣誉、成功、富有，都以此为据，从此生发，它是一个看不见的"根"，也是一个最大的"缘"。

相对于种子来说，缘就是土壤，就是气候，只有肥沃的土壤、适宜的气候，才能长出参天大树。这一信念，同现场感一样，也会让我们的焦虑自动脱落。一个心存"第一逻辑"的人，肯定会"但行好事，莫问前程"。而一个"但行好事，莫问前程"的人，还有什么焦虑呢？一个人的心中存有"第一逻辑"，他就会比他人少去许多得失之苦。就拿当下非常严重的健康焦虑来讲，心存"第一逻辑"的人会作如是想：如果上苍觉得我有用，自会留我。因此，只管成为一个好员工，其他的事不用多想。这样活着，多简单，多轻松。

无论是道德，还是伦理，抑或是因缘，包括程序，无一例外地都让人们去行善。但"行善"这个词，现在被讲滥了，其实，它是"行在善中"的意思。行在善中，首先要我们的念头保持在善中，也即"念在善中"。要想念在善中，就要不断训练自己的跟踪力。只有念头正了，行为才能正。因此，行在善中，首先是念在善中。

而要做到念在善中，首先要警惕惯性。通常情况下，人的"第一念"都是"恶倾向"的，因为我们平时生活在惯性中，这个惯性，一定意义上讲就是习性。

就拿我们的日常生活来说，早晨起来，每个人都内急，大家的第一念往往是"我先上"，这就是一个"恶"，善的念头应该是"他先上，我等等"。虽然我们会通过礼节让给别人，但那已经是第二念做出的决定了；公交车来了，第一念往往是"我先上"，虽然有时我们会让老人孩子先上，如果我们有足够的细心，就会发现这已经是第二念做出的决定了；单位要向上级报一个先进，第一念往往是"那当然是我了"，虽然我们接着会让给别人，但这也已经是第二念做出的决定了。因此，古人讲"三思而后行"是非常有道理的。事实上，不需要"三思"，只要"二思"就够了。

经典的价值之一就是把我们从惯性的道路上唤回来，换句话说，它们都是在提醒我们警惕"第一念"。古人之所以让我们"见人之得，如己之得，见人之失，如己之失"，就是因为我们见人之得，往往嫉妒；见人之失，往往幸灾乐祸。古人之所以告诫我们"过能改，归于无，倘掩饰，增一辜"，就是因为我们平时犯了错误，往往不是首先忏悔、改正，而是设法辩解，设法遮掩，设法推诿。

我非常敬佩民间待客礼仪中的让饭让茶，家里来了客人，父母明明知道对方不会吃的，但总要我们礼让一番。即使出门在外，面对陌生人，也要如此。现在想来，其实就是培养我们一事当前先想到别人的潜意识。

当我们能够成功地把握好"第一念"时，就能体会到古人讲的"一切福田，不离方寸，从心而觅，感无不通"了。

如果我们真正走进安详，就会发现安详和世俗成功并不矛盾，因为安详会感召大善缘。就是说，世俗成功是安详感召来的一个副产品。这就像一个人，职务是厅级国家自会配发厅级工资，是处级国家自会配发处级工资一样，关键是看我们拥有哪一级的安详。如此，我们就不会为一时之逆而沮丧，也不会为一时之顺而得意。天意就是这样，当时我们是看不出来的。但在我们内心，一定要有一个坚信，那就是天意是存在的，而且是毫厘不爽的。

有一个晚辈向我倾诉工作变动的事，并言倒霉。我听完后问他，你是缺儿还是少女？是缺吃还是少穿？是在贫中还是病中？如果不是，那怎么能够轻言倒霉？或许我们谁都可以不相信，但一定要相信上苍；谁都可以怀疑，但一定不能怀疑上苍。如果我们连上苍都不相信，还能相信什么？而一个心中无信的人，又何言安详？一个心中没有安详的人，又何言幸福？一个心中没有幸福的人，又何言成功？同样，一个心中有上苍的人，怎么能轻言倒霉？他当时就申明收回所言。之后，坦然面对变动，乐观应对生活，不料一个个意想不到的好事到来。

积善之家，必有余庆。如果善人被饿死，那就没有天理。但是，怎么会没有天理呢？每一个城市都有它的规划，每一个单位都有它的制度，怎么会没有天理呢？

为了方便读者借鉴，我把自己当年"由信得定"的一个口诀分享如下：

"大有我无，思非当是，但行莫问。"

当自己遇事焦虑时，就把这个口诀念一下，很有效果。

"大有我无"，是说一切都是由"大逻辑"决定的，自己想也是白想。再说，连"我"都是一个假象，还有一个谁在乎得和失呢？同时提醒自己，只有我们的言行合乎大道，"有"才会发生，才会到来。也即只有"公"，才有"益"。"公"是根本，"益"只不过是"公"这棵大树上结出的一个果而已。佐证这一原理的，有"求之不得""舍而得之"这些成语。另外，当"大我"在现场时，"小我"消失了，焦虑也消失了。

"思非当是"，是说一旦思想，已经错了，正确的做法应该是从思想回到现场，因为真正的"现场"一切都不缺，并且是"真有"。

"但行莫问"，是说尽管去做好事，不要考虑结果，因为结果之想会把我们带出现场，产生焦虑。

通过"给"，我们把心路腾开，把心的空间放大，从"小我"转变到"大我"；通过"守"，我们回到现场，回到本质，回到根；通过"勤"，我们给自己不断"升级"，同时不给习气以空间和机会；通过"静"，我们的心湖能够映照明月，能够明察秋毫；通过"信"，我们的心得到大定。

最终，通过"给""守""勤""静""信"，我们走进安详。

课堂练习

(一)理解与思考

1.当代学生普遍存在健康焦虑，同时又常陷入熬夜、暴饮暴食、拖延等不良习惯。依据文中"第一逻辑"(福自我求，命由我造)和"程序自动运转"的理念,分析:我们该如何将"善念善行积累福气"的认知转化为健康生活的实际行动?例如,如何通过规律作息、适度运动践行"但行好事,莫问前程"的心态,减少对疾病与衰老的恐惧?

2.在宿舍生活、小组合作中,学生常因自我中心的"第一念"(如争抢资源、推卸责任)引发矛盾。结合文中"第一念多为恶倾向""经典提醒我们警惕惯性"的观点,思考:如何通过日常小事(如公共区域打扫、任务分工)训练善念?校园文化活动(如志愿服务、传统文化社团)应如何设计,帮助自己突破"小我"惯性,养成利他思维?

3.当面临重大选择或突发事件时,个体容易陷入焦虑与自我怀疑。结合"大有我无,思非当是,但行莫问"的口诀,讨论:如何在实际困境中运用这三句话调整心态?例如,当对未来感到迷茫时,怎样通过"放下小我""回归现场""专注行动"缓解焦虑,找到前行方向?

(二)探讨与分析

1.当前学生普遍存在"内卷"焦虑,为升本、考研、就业过度竞争,甚至产生抑郁情绪。依据"因缘观让人释然""现代人因缺乏因缘概念而痛苦"的观点,分析我们该如何用因缘思想看待人生的得失成败?如何将"种瓜得瓜,种豆得豆"的理念转化为缓解焦虑、专注当下行动的动力?

2.现代社会充斥着"速成""捷径"观念,部分学生轻信"减肥神药""升本、考研保过班"等虚假宣传,反而损害身心健康。结合"第一逻辑"和"程序来自天造地设"的内容,分析这种现象产生的根源是什么?我们应如何建立正确的"福自我求,命由我造"认知,科学规划自身发展?

3.在校园生活中,常有同学因生活习惯差异产生矛盾,如随意占用公共空间、不遵守作息时间等,这些行为往往源于"第一念"的自我中心。联系"警惕第一念""行在善中首先要念在善中"的观点,分析我们该如何通过日常小事训练善念?经典文化与校园文明建设应如何结合,帮助大学生克服行为惯性、养成利他思维?

4.据调查,许多学生因原生家庭矛盾(如亲子关系疏离、家庭结构破碎)产生心理问题,甚至影响社会交往与价值观形成。参考文中"天伦之乐是快乐种子""破碎家庭易滋生社会敌意"的论述,探讨:学校与社会应如何通过文化教育(如传统家风课程、寻找安详课程)帮助学生修复情感创伤?自身又该如何从"孝道"理念中汲取力量,主动改善家庭关系、传递温暖?

(三)一周践行记录作业

"信"的实践周:在接下来的一周内,开展"信"的实践活动。每天设定一个与"信"相关的实践目标,并记录实践过程和感受。

日期	践行任务	记录内容
第一天	践行"道德之信",在与同学交往中,严格遵守诚实守信的原则。例如,答应同学的事情一定要做到,如果因为特殊情况无法完成,提前诚恳地向同学解释说明。	记录下自己在践行过程中的具体事例,以及同学的反应,思考诚实守信对人际关系的积极影响。

日期	践行任务	记录内容
第二天	践行"伦理之信",给家人打一个电话,在通话中表达对家人的关心和感恩之情,倾听家人的生活琐事,耐心回应。	记录下通话的内容和自己内心的感受,分析这种对家人的关爱和尊重如何体现"伦理之信",以及对家庭关系的滋养作用。
第三天	践行"因缘之信",当遇到一件不如意的事情时,如在课堂上回答问题错误被同学嘲笑,尝试从因缘的角度去理解这件事,思考这件事发生的原因和可能带来的影响,不陷入过度的沮丧或愤怒。	记录下自己的思考过程和情绪变化,分析因缘观对自己心态调整的帮助。
第四天	践行"程序之信",在学习某一门课程时,按照课程的教学大纲和学习规律,认真完成每一个学习环节,如预习、课堂学习、课后作业、复习等,不投机取巧。	记录下自己在学习过程中的专注度和学习效果,思考遵循学习程序对知识掌握和学业发展的重要性。

日期	践行任务	记录内容
第五天	践行"念在善中"，当早晨醒来，有意识地留意自己的"第一念"。如果出现"恶倾向"的念头，如想到今天有困难的课程不想去上，立刻调整思维，转换为积极、善意的念头，如告诉自己这是提升自己的机会，要认真学习。	记录下自己一天中对"第一念"的观察和调整情况，分析这种训练对自己思维习惯和行为的影响。
第六天	践行"但行好事，莫问前程"，参加一次校园公益活动，如志愿者服务、环保行动等，全身心投入到活动中，不考虑活动是否会给自己带来荣誉或其他回报。	记录下活动的过程和自己的体验，思考这种纯粹的付出对自己心态和价值观的塑造作用。
第七天	回顾这一周的实践活动，总结自己在"信"的实践过程中的收获和体会，思考如何将这些实践经验融入到未来的日常生活中，持续保持对道德、伦理、因缘和程序的信念，走向安详。撰写一篇总结报告，分享自己在实践周中的成长和感悟，包括对"信"的更深理解、在实践中遇到的困难和解决方法，以及"信"对自己生活和学习产生的积极变化。	

课后心得感悟

_____

_____

_____

第二章　向孔子学习安详

在陈蔡之地，在月黑风高的夜里，随着夫子的琴声，响起了众弟子"关关雎鸠，在河之洲，窈窕淑女，君子好逑"的合唱。

在我看来，孔圣一生所做的事大概就是教弟子如何找到安详。"三十而立，四十而不惑，五十而知天命，六十而耳顺，七十而从心所欲，不逾矩。"我想那个"三十而立"，大概就是初证安详；然后他又修行了三十年，通过不惑、知天命，才达到"耳顺"境界，应该是无漏安详；"七十而从心所欲，不逾矩"，就是究竟安详了。再看有关孔子家族的报道，两千多年绵延不绝，我想这可能就是安详的绵延不绝，他的子孙从他那里继承下来的不是金银珠宝，而是万贯安详。那部《论语》本身，就是一个大安详源。由此推论，中华民族几千年的绵延不绝，也是安详的绵延不绝。又想，四大文明古国中，只有两个追求安详的国家存了下来。

"学而时习之，不亦说乎？有朋自远方来，不亦乐乎？人不知而不愠，不亦君子乎？"在我理解，就是只有把安详理念拿到生活中去实践，我们才能体会到实实在在的喜悦，如此，自然会有朋自远方来，因为通过口耳相传，大家都知道我这里有喜悦的宝藏，当然会前来掘宝。

而一个真正拥有了大喜悦的人，是不在乎是否被别人知道的，因为生命的意义就是获得喜悦，现在，我已经得到了，怎么会在乎他人是否知道呢？如果还在乎他人是否知道，那说明他的心还没有被喜悦占满，说明他获得的喜悦还是不圆满的、有缝隙的、有漏洞的、有杂质的，一句话，还没有真正找到安详，还需要进一步"学而时习之"。

1. 走向"反动"

——探寻自我成长与坚守之道

众所周知，孔子的核心思想是仁。那么到底什么是仁？两千多年来，仁者见仁，智者见智，至今没有定论。在我看来，它和"反动"大有牵连。

"颜渊问仁。子曰：'克己复礼为仁。'"怎么理解？

关键在"克己"。如果从字面上理解，这两个字非常简单，就是战胜自己。而战胜自己的什么？众说不一。我的理解是，自己身上什么最难以管束，就战胜什么。

比如各种感官享受，比如自私、贪婪、嗔恨、嫉妒、傲慢、懒惰等。假如我们把这些难以管束的东西称为生命的惯性，那么"克己"的过程就是战胜生命惯性的过程。

人的成长过程从一定意义上说是一个不断被污染的过程，所谓"人之初，性本善"，而且彼此"性相近"，只不过因为"习"而"相远"。这个"习"在我理解就是生命的惯性，它来自欲望，来自后天的污染。因此，"克己"就是一个往回走的过程，克服生命惯性的过程，"反动"的过程。

由此，我认为，"反动"在古代应该是一个褒义词。

它的最早出处我没有考证，但老子的《道德经》有言："反者道之动。"

老子非常喜欢婴儿，他说，你看那初生的婴儿成天啼哭嗓子却不嘶哑；你看那小拳头紧紧攥着，连大人都掰不开。一切看上去都是美不可言，为什么？

因为他是当初，当初最美，当初也最有生命力。婴儿脑海里想的是什么，我们不知道，但是有一点是肯定的，那就是他没有过分的欲望，没有房子、票子、车子、位子，包括自我实现等马斯洛讲的人的五种需要，在小肚子吃饱的情况下，他更多的是处在安详和自足里，可谓大自在。

但这个"克"说起来容易，做起来却非常难。

就像人们明明知道抽烟有害，戒之却难；明明知道酗酒有害，戒之却难；明明知道贪污有罪，戒之却难。

古人把人的这种后天"习气"形容为"飓风"，一点也不过分。许多时候，我们明明知道某件事是错的，不合道的，但就是忍不住去做，那个惯性真是太强大了。"习相远"，正是这种像飓风一样的"习"，使我们的"性"不再"相近"。

为此，孔子才要我们"克己复礼"，才要我们向回走。

课堂练习

(一)理解与思考

1.文中认为"克己"是战胜生命惯性的过程，结合自己的生活实际，举例说明有哪些属于生命惯性的行为。

2.为什么说人的成长过程是一个不断被污染的过程？从文章观点来看，这种"污染"对自己的思想和行为有怎样的影响？

(二)探讨与分析

1.在生活中，可能存在一些不良习惯或行为影响着人际关系，从"克己"的角度出发，讨论如何克服这些生命惯性，营造和谐的氛围。

2.在社团活动中，当个人利益与团队利益发生冲突时，有些学生常见的行为表现与"克己复礼为仁"的理念存在哪些差异？自己如何在社团活动中践行这一理念？

课后心得感悟

_____

_____

_____

2. 两个指标

——以"克己"为基，成就自我

在"克己"方面，颜回是一位成功的实践者。

三千弟子中，孔子最喜欢的就是颜回了。《论语》中有多处孔子对颜回的赞美，大家最熟识的是："贤哉回也！一箪食，一瓢饮，在陋巷，人不堪其忧，回也不改其乐，贤哉回也！"孔子甚至这样在子贡面前夸颜回："弗如也，吾与女弗如也。"连他自己都不如颜回，这个评价够高了。但我特别看重的却是另一句赞美："哀公问：'弟子孰为好学？'孔子对曰：'有颜回者好学，不迁怒，不贰过，不幸短命死矣。今也则亡，未闻好学者也。'"

孔子赞扬颜回的两个依据是"不迁怒""不贰过"。孔子认为，他的三千弟子中，能够做到这两条的，除了颜回，没有第二个人了。

孔子为何如此重视"迁怒"？

有了生活阅历，才发现孔子简直是太伟大了，才发现是否动怒是衡量一个人修养的极重要指标、极重要尺度。

孔子在《论语·为政》篇中讲，"吾十有五而志于学，三十而立，四十而不惑，五十而知天命"，直到六十岁才"耳顺"。就是说，他从十五岁开始"克己"，一直"克了"整整四十五年，到六十岁的时候才"耳顺"。

什么叫"耳顺"？在我理解，就是荣辱不惊，就是别人赞美你的时候你开心，别人咒骂你的时候你也开心。

在众多需要我们"克"的惯性中，最难的是爱面子，也就是说人最难过的是面皮关。当一个人能够在被别人侮辱的时候不发怒，说明他的面皮关已经过了。

士可杀不可辱，说明受辱比受杀难。从这个意义上说，受辱是一个已经超越了生命本身的概念。释道两家说如果"杀身成仁"为"仁"，那这个境界还不究竟，还是一个限量境界，还有一个"杀身以求成仁"的"求"在。如果一个人不是为了苍生，不是为了大众，而仅仅是为了"仁"而杀身，那还不圆满，还是贪，还是自私，只不过它更隐蔽，但是仍然需要"克"。甘地说，真正谦逊的人意识不到自己的谦逊。可见这个"克"是一个了不得的功夫。

再比如，子贡曰："贫而无谄，富而无骄，何如？"

子曰："可也，未若贫而乐，富而好礼者也。"

子贡所言还是小我，还暗藏着有求，还在有为里，还在执着里，还有一个对比的外在对象在，是"贫时不怎么，富时不怎么"。而孔子所言则是大平常心了，贫时向内求乐，富时向外施爱，仍然是乐，是"贫时怎么，富时怎么"。一个是否定，一个是肯定，功夫却差了十万八千里。

当一个人能够真正做到"耳顺"，说明他的小我已经没有了，大我也没有了，既然什么都没有了，当然不可能有那个动怒的我了，自然也就没有那个"怒"了。

生活中，迁怒伤身；工作中，迁怒误事；治理国家中，迁怒甚至可以亡国。

这方面的例子举不胜举，刘备就是一个。当时蜀国举兵伐吴，就是典型的迁怒，结果被火烧连营。司马懿则修到家了，诸葛孔明以女人衣羞辱他，他也不动怒，不发兵，所以最后得天下的是司马家族。

虽然这是小说演义中的"三国"，但也可以看出作者对人生境界的一种理解。

"不迁怒"如此，"不贰过"就是更高深的境界了。

先哲认为，人的一生要完成八万四千个功课，才能圆满毕业，如果一个人在一件事上犯同样的错误，那就意味着有一个功课永远完不成了，所谓不圆满，就是指这个。

假如太阳在它的轨道上稍微打一个盹儿，那太阳系就要出问题。这个世界上之所以有时间，有历法，就是因为我们拥有一个永远"不贰过"的太阳。手表是我们每个人的必需品，但是很少有人想过，它是太阳"无过"的成果，那永不停歇的嘀嗒嘀嗒声，其实是对太阳的礼赞。

当然，人非圣贤，不犯错误是不可能的。问题是，一个错误犯了，立即改掉，就没有错误；如果不改，就是两个错误；如果再犯，那就不是用倍数能够计量的了。

故而曾子在《论语·学而》篇中说："吾日三省吾身——为人谋而不忠乎？与朋友交而不信乎？传不习乎？"这个"三"，并不仅仅是说我一天要三次反省自己，而是说要时时刻刻地反省，看自己是否在道中，在仁中，即"君子无终食之间违仁，造次必于是，颠沛必于是"。就是说，如果你一顿饭的工夫离开仁，那你已经不是君子了，就是罪人了。一个人只有时时刻刻在仁中，在道中，才能做到"不贰过"，否则就会给自己留下"非仁"的缝隙。而只要有缝隙，强大的狡猾的生命惯性就会趁机而入，所谓"留下一个缝，黄金捅个洞"。

一个人能够做到"不贰过"，说明那个人心中已经是一片"仁"的晴空了。而一个人只有处在一种绵延不断的仁中，身心才能得到大滋养，对于外界，也才能随处结祥云。

就像打太极拳，如果一套拳打下来，能够做到"意"

始终不断，身心就会感到通泰；假如"意"断掉，就会觉得特别难受，比不打还难受，就像身心被什么分割了一样。打过太极拳的人都知道，要从"坚守"过渡到"不守而守"，再到"随心所欲"，需要一个漫长的训练过程。颜回能够做到"不贰过"，就意味着他人生的太极拳已经没有那个"断"，而是"不守而守"了。

为了训练这个"守"，先贤们有许多办法，比如头顶一碗水长时间站着，比如在悬崖上走钢丝。假如有一丝杂念，前者就会洒水，后者就会葬身深渊。

我们的一生，又何尝不是顶水而立，何尝不是走钢丝？因此，古人才用"战战兢兢，如临深渊，如履薄冰"来形容人生。

课堂练习

(一)理解与思考

1.文中提到"克己"是战胜生命惯性的过程，是"反动"的过程。结合校园生活，谈谈你对生命惯性的理解，有哪些行为属于生命惯性的表现？自己应如何通过"克己"实现"反动"？

2.孔子重视"迁怒"，将其作为衡量一个人修养的重要指标。在校园的人际交往中，迁怒的情况常见吗？迁怒会对人际关系产生怎样的影响？结合文章内容，分析应如何克服迁怒的惯性，提升自身修养？

3.从文中可知，"不贰过"是更高深的境界，人的一生要完成众多功课才能圆满，重复犯错意味着功课无法完成。在学习和成长过程中，有哪些常见的错误容易重复出现？如何像曾子一样"日三省吾身"，做到"不贰过"，实现自我提升？

（二）探讨与分析

1.在现代社会，各种诱惑和不良风气影响着学生，使得生命惯性的力量愈发强大。从文章中"克己复礼为仁"的观点出发，探讨自己应该如何在这种环境下，坚定地战胜生命惯性，走向"反动"，回归到本真善良的状态。分享自己在面对诱惑时，克服生命惯性的经验和方法，并共同讨论如何将这些方法推广到日常学习和生活中。

2.结合文中关于"耳顺"和不迁怒的论述，分析在宿舍生活中，如何通过提升自身修养，做到在面对室友的不同意见或偶尔的冲突时，保持平和的心态，不迁怒于他人，营造和谐的宿舍氛围。讨论在宿舍生活中，迁怒行为可能引发的严重后果，以及如何通过沟通和自我反思，解决宿舍矛盾，提升人际关系质量。

3.以校园的学习活动为例，分析在学习过程中，如何运用"不贰过"的理念，提高学习效果和个人能力。讨论在面对学习困难和挫折时，如何从错误中吸取教训，避免重复犯错，形成良好的学习习惯和思维方式。探讨在课程学习、考试、实践活动等方面，如何通过不断反思和改进，实现学业上的进步和成长。

（三）一周践行记录作业

"克己与修养提升"实践周：在接下来的一周内，开展"克己与修养提升"实践活动。每天设定一个与"克己""不迁怒""不贰过"相关的实践目标，并记录实践过程和感受。

第一天：践行"克己——克服感官享受惯性"，尝试一天内不玩手机游戏、不刷娱乐视频，将节省下来的时间用于阅读一本有意义的书籍或学习一项新技能。记录下自己在克制过程中的心理变化，

以及完成阅读或学习后的收获和成就感，思考克服
感官享受惯性对个人成长的积极影响。

时间	践行任务	记录内容
第一天	践行"不迁怒"，在与同学交流过程中，如果对方的观点与自己不一致，或者对方的行为让自己感到不满，尝试控制情绪，不迁怒于第三人。	记录下交流的场景、自己的情绪波动以及控制情绪的方法和效果，分析"不迁怒"对维护良好人际关系的重要性。
第二天	践行"克己——克服懒惰惯性"，早上按时起床，参加晨跑或其他体育锻炼，晚上认真完成当天的作业，不拖延。	记录下自己在克服懒惰过程中的困难和坚持下来的动力，以及一天结束后身体和精神状态的变化，思考克服懒惰惯性对学习和生活的促进作用。
第三天	践行"不贰过"，回顾前几天在学习或生活中犯过的错误，如作业中的错题、与他人交往中的不当言行等，分析错误产生的原因，制定避免再次犯错的计划，并在当天的学习和生活中努力执行。	记录下执行计划的过程和遇到的问题，以及自己在避免重复犯错方面的进步和体会。

时间	践行任务	记录内容
第四天	践行"克己——克服自私惯性",在宿舍或班级活动中,主动关心他人,为他人提供帮助,如帮忙打扫卫生、解答同学的学习问题等。	记录下自己在帮助他人过程中的感受和他人的反馈,思考克服自私惯性对个人品德修养和团队合作的积极影响。
第五天	践行"不迁怒——面对压力时的情绪管理",当遇到学习压力较大或面临重要考试时,保持冷静,不将压力带来的负面情绪迁怒于身边的人。	记录下自己在压力情境下的情绪调节方法,如深呼吸、积极思考等,以及情绪稳定后对解决问题的帮助,分析良好的情绪管理对应对压力的重要性。
第六天	尝试接受一次他人的批评或否定,并在事后分析自己的心态与行为是否符合"克己"。	记录批评内容、自己的第一反应,反思是否存在抵触情绪,总结如何改进回应方式。

时间	践行任务	记录内容
第七天	回顾这一周的实践活动，总结自己在"克己""不迁怒""不贰过"方面的收获和体会，思考如何将这些实践经验融入到未来的日常生活中，持续提升自身修养。撰写一篇总结报告，分享自己在实践周中的成长和感悟，包括对生命惯性的深刻认识、克服惯性的有效方法、在修养提升过程中遇到的挑战和突破，以及对未来个人发展的规划和期望。	

课后心得感悟

_____

_____

_____

3. 长处乐

——探寻"长处乐"之道，滋养乐观豁达心境

一次，儿子问我，这个世界上什么人最快乐？有人说得到爱情最快乐，有人说得到财富最快乐，有人说得到权力最快乐……

我说你这个问题提得好，我用孔子的一句话向他做了回答。"子曰：'不仁者，不可以久处约，不可以长处乐。'"可见，仁是大快乐之源。

我还要帮孔子加一句，不仁者，不可久处美，因为"里仁为美"，住在仁里最美、最享受。"曾经沧海难为水，除却巫山不是云"，尝过了那个大快乐，一切小情小调就没有多少诱惑了，一切痛苦也是小菜一碟了。

在《论语·述而》篇中，孔子的弟子是这样描述夫子的："子之燕居，申申如也，夭夭如也。"申者，舒展状；夭者，灿烂状；既舒展又灿烂，大快乐啊！

看完《论语》，我的脑海里冒出一个句子：大快乐者

孔子。他对万事万物看得是那么开，他是那么随缘自在，通情达理，不执着，不僵化，申申如也，夭夭如也，活活泼泼，开开心心，让人看着心生欢喜，所以有那么多弟子愿意终生跟着他。像颜回，为了常和夫子在一起，居然愿意吃粗食，穿布衣，住在高危的房子里而不出仕。如果孔子是一个僵化的老头子，不讨人喜欢的老头子，大家会如影随形地跟着他吗？

　　孔子师徒在前往楚国的路上被困在陈蔡，粮食吃完了，只能以野菜充饥。后来野菜也没有了，弟子们都愁苦不堪，孔子却兀自在那里抚琴。更让弟子们不理解的是那琴声无比地欢快，了无愁情怅绪。

　　子路终于沉不住气了，就问，都什么时候了，您还有闲情弹琴啊。孔子听了后反问，那你说我应该怎么做才对。子路说，至少不应该现在寻开心吧。孔子说，真正的君子是在任何情况下都不能改变他的开心的；或者说只有在任何情况下，包括无饭吃，无房住，甚至被杀头时，都不改变他开心的人，那才是君子。

　　这是我的演绎。

　　真实的情况是子路站起来向孔子提问，君子也有贫困的时候吗？孔子说，这要看你如何理解贫困，一个人如果不能处在道中（里仁），或者说与道无缘，或者说错过了道，那才是真正的贫；而一个人如果因为挫折降低自己求道的志向和追求，那才是真正的困。简言之，无道为贫，失道为困。子路听了夫子的话后，一边惭愧得流泪，一边把琴从孔子的行帐里抱出来，说，夫子，您接着给我们弹吧。

于是，在陈蔡之地，在月黑风高的夜里，随着夫子的琴声，响起了众弟子"关关雎鸠，在河之洲，窈窕淑女，君子好逑"的合唱。从中，我们听到了大富有、大快乐，尽管，他们一个个面如菜色。在我理解，这个"窈窕淑女"，不是别的，就是"仁"，就是"道"。

一个人得到快乐不是一件难事，难的是"长处乐"，永远处在快乐中，在任何情况下都处在快乐中，无条件的快乐。

孔子为什么能够长处乐？

心理学家说，人的痛苦都来自理想和现实的矛盾。其实说得更准确些，是来自物质企图和现实的矛盾，来自想住华屋而不得，想食美味而不得，想求佳人而不得。试想，当一个人把他的生活目标定位为孔子说的"食无求饱，居无求安""就有道而正焉"，那他的人生还会有多少烦恼呢？

课堂练习

(一)理解与思考

1.心理学家认为,人的痛苦来自理想和现实的矛盾,而文章指出"更准确些,是来自物质企图和现实的矛盾"。结合校园生活,分析这种观点的合理性,并举例说明。

(二)探讨与分析

1.在学习生活中,同学们会面临学业压力、人际关系等诸多挑战,常常会陷入不快乐的情绪。从孔子"长处乐"的理念出发,分析自己应如何调整心态,在各种情境下保持快乐?

2.如今,消费主义盛行,很多学生追求名牌、高档电子产品等物质享受来获取快乐。与孔子"食无求饱,居无求安"的快乐理念相比,这种现代消费文化下的快乐追求存在哪些问题?

课后心得感悟

_____

_____

_____

4. 久存仁

——体悟"久存仁"之道，涵养坚毅豁达胸怀

孔子能够长处乐，还因为他的大无畏。

"子畏于匡，曰：'文王既没，文不在兹乎？天之将丧斯文也，后死者不得与于斯文也；天之未丧斯文也，匡人其如予何？'"

鲁国有个叫阳虎的人，长得非常像孔子，在匡地为非作歹，引起公愤，被追缉，一天，孔子在匡地被宋人误认为是阳虎，欲围而杀之，形势非常严峻，弟子们都吓坏了，但孔子却从容如常，他说，你们放心，他们杀不了我的，自文王之后，文化衰落到现在，如果上天有意要让礼崩乐坏，那我该死，如果上天不想断绝这条文化命脉，那我就死不了。

何其坦然！

知人者智，自知者明，这是一种大看破。

甘地说，奉献者不必为自己担忧，把一切担忧留给

神，奉献者甚至不会为明天储备粮食。

何其相似乃尔！

我小时候特别喜欢风水学，把能够找到的有关风水的书都看完了。谁想最后却发现，压根儿就没有风水，只有德行。种瓜得瓜，种豆得豆，种下瓜绝对收获不了豆，种下豆也绝对收获不了瓜。所谓有福人不睡无福之地，如果功德配睡在福地，死后各种因缘自然会让你睡到那个地方；如果不配，即使睡到龙穴上，也会因为地震什么的让你出局。

有段时间也喜欢占卜，在当地都小有名气了，但是最后还是放下了。同风水一样，一个人的命运是卜不出来的，还得靠奉献去积功累德，还是"瓜豆原理"，所谓善易者不卜。

所以古人说：但知行好事，莫要问前程。这话真是好。试想一下，当一个人超越了幻想，超越了企图，超越了担心，超越了对技术的诉求，只问耕耘，不问收获，他能不快乐吗？

孔子周游列国的时候，各国都排斥孔子，生怕他夺取政权。唯有在卫国，卫灵公、南子、一般大臣，都对孔子很好。孔子的弟子听了谣言，认为孔子可能要当卫国的国君。一天，冉有跟子贡说，夫子是否真像大家说的那样，要在卫国做王？子贡就去问孔子："伯夷叔齐何人也?"曰:"古之贤人也。"曰:"怨乎?"曰:"求仁而得仁,又何怨?"出,曰:"夫子不为也。"宁为帝王师,不为帝王位。

我越来越觉得,多年来,我们一直都在误读孔子,认为他一生在为出仕奔波;事实恰恰相反,他的不出仕不得志是故意的。他如果想当国王,那太容易了,在当时小国寡民的情况下,他有弟子三千,贤者七十二,其中有像颜回那样的道德家,像子路那样的军事家,像子贡那样的外交家(当时有人问楚王,楚国有这样的人才吗?楚王说,一个都没有),但他就是不那样干。

看《西游记》,一个问题冒出脑海,妖精为什么最爱吃唐僧肉?

问孩子,孩子说,因为吃了唐僧肉能成仙。

为什么吃了唐僧肉能成仙?

孩子说,唐僧吃素,身上有一股芳香味。

我说,那妖精为什么不去吃花,吃牡丹,吃玫瑰,吃菊,吃荷,而要千方百计地吃唐僧?

孩子回答不上来了。

我跟孩子说,唐僧是吴承恩给女人设计的偶像,是吴承恩借妖精表达他的价值观。他告诉人们:一个男人的真正魅力来自于心灵,来自于觉悟,来自于安详,来自于他内心的正直、纯净和强大。

吴承恩还告诉读者，一个没有信念或者说是没有信仰的男人，是不值得女人爱的，一个没有定力的朝三暮四的男人是不值得女人爱的。

唐僧能够受到妖精青睐，正是因为他无求于妖精，也无媚于妖精。他修的是称法行，无所求行，更难得的是报怨行。你看，那妖精害得他那样苦，可就在悟空举起金箍棒要灭掉她的时候，他反而让悟空手下留情，多难得。作为一个女人，不爱这样的男人还爱什么？

这让我想起当年被卫国的美女南子倾慕的孔子。

课堂练习

（一）探讨与分析

1.在现代社会，许多学生面临就业压力，可能会产生焦虑情绪，甚至为了获得工作机会而采取一些不正当手段。从"但知行好事，莫要问前程"的理念出发，分析自己应如何在求职过程中保持正确的心态，践行"久存仁"的观念？

2.如今的影视作品和社交媒体中，对男性魅力的呈现往往侧重于外表和物质条件。结合文章中关于唐僧魅力源于内心的观点，探讨如何引导学生树立正确的价值观，认识到内在品质(如仁、善等)才是真正持久且吸引人的魅力所在，尤其是在恋爱和人际交往中。

课后心得感悟

_____

_____

_____

5. 时习之

——领悟"时习之"，践行"仁"之道

"学而时习之，不亦说乎？"什么意思？解释很多。

有人说，学习并且常常温习，不是一件很快乐的事情吗？有人说，让仁德的思想成为社会的一种时尚，不是很快乐吗？我的理解是，拿"仁"到生活和工作中去实践，不是一件很快乐的事情吗？

古之"习之"者举不胜举。范仲淹、岳飞、辛弃疾、文天祥、谭嗣同等，他们一个个用生命的耀眼弧线划亮了历史的天空……众所周知，在此不谈。

这里我想说说《宋史》中记载的一位大儒赵清献。

赵清献，名抃，字阅道，官至殿中侍御史，人称"铁面御史"，以太子少保致仕，卒谥"清献"。其诸多事迹中最让我动容的是"日所为事，入夜必衣冠露香以告于天"。请问，我们有谁敢把自己白天所做的事情悉数告知天地？因为俯仰无愧天地，所以才有"晚学道有得，将

终，与觇诀，词气不乱，安坐而没"。

有研究者取证，人在临终时有那么一个瞬间，一生的所作所为会在几十分之一秒的时间里像电影一样在眼前浮现，许多人的大恐惧大慌乱大痛苦都在那时发生，赵清献能够"安坐而没"，是其"日所为事，入夜必衣冠露香以告于天"功夫对他的应现和表彰。设若每个官员都能够"日所为事，入夜必衣冠露香以告于天"，那将是一种什么局面？因此，一定意义上，道德才是第一生产力。

"仁远乎哉？我欲仁，斯仁至矣！"孔子说难道"仁"离我们很远吗？只要你想"仁"，那"仁"就在你身边。

每早睁开眼睛，第一个念头如果是利他的，"仁"就在我们身边，反之它已离我们远去；到洗手间，用尽可能少的水完成洗漱，"仁"就在我们身边，反之，它已离我们远去；买早点时，不用一次性餐具，"仁"就在我们身边，反之，它已离我们远去；上班途中，给每一个迎面走来的路人报以微笑，"仁"就在我们身边，反之，它已离我们远去；公交车上，给每一个比我们年长的乘客让座，"仁"就在我们身边，反之，它已离我们远去；到单位，把每一个工作细节都做到尽善尽美，"仁"就在我们身边，反之，它已离我们远去……

可见，如果愿意，"仁"完全可以成为我们的生活方式。

我常对儿子说，我不要求你一定要考第一名的成绩，但必须要求你争取第一名的人格。

为此，我常拿先贤"勿以恶小而为之，勿以善小而不为"的警句教育他。他说他也想做好事，只是没有时间。我说，你不做坏事就是做好事，再说，你可以在顺便的情况下做好事啊。比如，喝完饮料总可以把易拉罐扔在垃圾箱里，上完公厕总可以把水龙头关上，到公园总可以绕过草坪，到大街上总可以做到不随地吐痰，遇到哪位同学有困难总可以力所能及地帮他一下，等等。

有时，饭不可口，他不免会发些小脾气。我说："子曰：'饭疏食，饮水，曲肱而枕之，乐亦在其中矣。'""君子食无求饱，居无求安，敏于事而慎于言，就有道而正焉，可谓好学也已。"儿子便面生愧色，把吊着的脸子放下来，拿起筷子吃饭。

平时，儿子讲起他们哪个同学的父亲在如何重要的部门，如何日进斗金。我说："不义而富且贵，于我如浮云。"儿子神情中的艳羡也会去之大半。

儿子没有想到，孔子的每一句话，都是说给他的。

有位老师来家访，听得出她的最高教育目标是教会学生竞争。我说我的要求正好相反，我不要求你一定要给我带出来一个状元，我希望几年后你交给我一个懂得敬畏，知道廉耻，具有爱的能力、感恩的能力、回报的能力、快乐的能力的人，而不是一个考试机器、竞争机器。

儿子没有让我失望。高中文理分班时，他被原班主任极力挽留。我把这看作是"习之"的成果。

课堂练习

(一)理解与思考

1.文中提到"仁是大快乐之源"，结合生活，谈谈你对这句话的理解。在校园中，有哪些行为或场景体现了"仁"，又带来了怎样的快乐？

2.孔子在陈蔡被困时仍能抚琴欢歌，展现出在困境中保持快乐的心态。在面对学业压力、人际关系困扰等类似困境时，作为学生应如何借鉴孔子的这种态度，实现"长处乐"？

3.从文中可知，孔子的大无畏精神使其能够坦然面对危险与困境。在当今社会，我们在追求理想和坚持信念的过程中，可能会面临各种挑战和压力，思考应如何培养像孔子一样的大无畏精神？

(二)分析与探讨

1.在现代社会，人们往往将快乐与物质、权力、爱情等外在因素紧密联系，却常常忽略了内心的"仁"。从文章中提及的孔子的快乐之道出发，分析自己应如何转变观念，从内心去寻找真正持久的快乐。每人分享自己对快乐本质的理解，以及在生活中追求快乐的经历和困惑。

2.结合文中关于孔子周游列国和对其不出仕原因的分析，讨论在现代社会，个人的理想追求与现实环境之间常常存在矛盾，自己应如何在这种情况下坚守自己的信念，不被外界干扰，实现自身价值。分析孔子的选择对学生在职业规划和人生道路选择上有哪些启示。

（三）一周践行记录作业

"长处乐与行仁"实践周：在接下来的一周内，开展"长处乐与行仁"实践活动。每天设定一个与"长处乐"或"行仁"相关的实践目标，并记录实践过程和感受。

日期	践行任务	记录内容
第一天	践行"仁"，主动关心一位同学，询问其学习或生活上是否有困难，并尽力提供帮助。	记录下同学的反应以及自己在帮助他人后的感受，思考这种行为对自己和他人关系的影响。
第二天	践行"长处乐"，当遇到一件不如意的事情时，如课程作业难度大、与他人产生小误会等，尝试以积极乐观的心态面对，不抱怨、不焦虑。	记录下事情的经过以及自己调整心态的过程，分析这种积极心态对解决问题的帮助。
第三天	践行"仁"，在食堂就餐时，注意节约粮食，不浪费食物，同时向食堂工作人员表达感谢。	记录下自己的行为以及周围人的反应，思考节约粮食和感恩他人在"仁"的理念中的体现。
第四天	践行"长处乐"，利用课余时间做一件自己一直想做但因各种原因未做的事情，如阅读一本感兴趣的书籍、学习一项新技能等，享受过程中的快乐。	记录下自己在做这件事情时的专注和愉悦感受，思考如何在日常生活中创造更多这样的快乐时刻。

日期	践行任务	记录内容
第五天	践行"仁",参加一次校园公益活动,如清理校园垃圾、参与图书捐赠等,将关爱校园和他人的理念付诸实践。	记录下活动过程中的体验和收获,以及自己对"仁"的更深理解。
第六天	践行"长处乐",在与室友或朋友相处时,多发现他们的优点并真诚赞美,营造积极的氛围。	记录下对方的回应以及自己在赞美他人过程中的感受,思考积极的人际关系对快乐的促进作用。
第七天	回顾这一周的实践活动,总结自己在"长处乐"和"行仁"方面的收获和体会,思考如何将这些实践经验融入到未来的日常生活中,持续保持快乐的状态并践行"仁"的理念。整理自己的记录,撰写一篇总结报告,分享自己在"长处乐与行仁"实践周中的成长和感悟。	

课后心得感悟

_____

_____

_____

第三章　在大年中感受安详

　　过完大年，点完明心灯，我们又要出发。所以大年是一个巢，也是一个港口；是归帆的地方，也是千舟竞发的地方；它是驿站，又是岸；最终是伴随游子走天涯的三百六十五个梦。

1. 感恩的演义

——探寻感恩真谛，传承中华美德

寻根问祖也好，祭天祭地也好，给老人拜大年、走亲串友也好，都是教人们不要忘本。连同一草一木、一餐一饮、半丝半缕，都在感念之列。

《说文》释"年"为五谷成熟。而五谷成熟之后呢？感恩啊！于是便有了"腊"，《说文》释"腊"为十二月合祭百神。把一年的收获奉献于祖先灵前或诸神的祭坛，对大自然和祖先来一次集中答谢，知恩思感，这便是中国人的逻辑。

在品尝佳肴美味的时候，在享受五谷丰登之喜的时候，在沉浸于合家团圆、天伦之乐的时候，感念天地化育，感念风调雨顺，这便是"年"了。

这种感恩之情，渗透在大年的每一项活动中。而诸如"三阳开泰从地起，五福临门自天来"这些对联，则是对天地直截了当的感恩词。而每年必请的年画《孔子演教图》《三皇治世图》，则是对致力于改良世道人心的圣人的礼赞。

禅宗有句话头"因何而来"，是问人因何而来，生命因何而来。我想可能就是为感恩而来。所以我们最感动的时候，恰恰是在感恩的时候。

如果我们有足够的细心去体味，就可以从一粒米中看到造化的恩情。一粒米，从作为一颗种子进入土地，到变成一株庄稼的过程，我们可以想象，其中包含着多少阳光、地力、风之调、雨之顺，包括时间，包括耕耘者的汗水和期待。

年的意义，就是要让我们在大丰收之后，回到一餐一饮，回到一粒米，去发出我们内心的那一份感激，对阳光的，对大地的，对雨水的，对风的，包括对时间和岁月的。

真是岁月不尽，感激不尽。

这种感恩之情在最为典型的社火祝词《十进香》中体现得淋漓尽致：

> 刘彦昌进庙来双膝跪倒，经炉里点着了十炷信香：一炷香烧予了风调雨顺，二炷香烧予了国泰民安；三炷香烧予了三皇治世，四炷香烧予了四海龙王；五炷香烧予了五方土地，六炷香烧予了南斗

六郎；七炷香烧予了北斗七星，八炷香烧予了八大金刚；九炷香烧予了九天仙女，十炷香烧予了十殿阎君。

从中，我们既看到了中国老百姓智慧而优美的数字修辞，从一到十，十大关系，真是再圆满不过，再巧妙不过；又看到了中国老百姓全面系统的感恩和敬礼，把这些给了他们无限希冀和心怀美好幻想的古典意象全部纳入歌颂之列、恭敬之列、感谢之列。

每次倾听，都忍不住热泪盈眶。

感恩是乡土中国永恒的话题。

它渗透在中华民族的每一个节日中，渗透在中国人的每一项活动中，包括婚葬嫁娶。

且不说葬礼，单拿人们最熟悉不过的婚礼来讲，它本身就是一个感恩节。

夫妻双双拜天地、拜高堂、互拜，就是最为集中的章节。

我们可以想象一下，一个人的成长，包含着多少造化的慈悲，包含着多少父母的心血。只要是一个有心人，在男婚女嫁的时刻，首先应该想到的就是感谢父母。而在民间比较古典的婚礼上，是必设一个祭桌的，必要请祖先来见证我们的誓言、我们的爱情。那一炷香不点燃，是不能结婚的；那一个头不磕下去，是不能成为严格意义上的夫妻的。所以，古典的婚礼，它既是婚礼，也是感恩礼。

夫妻互拜，那也是感恩的范畴。我们可以想象一下，在数十亿的人群中，一男一女能够相识、相知、相爱，最终走到一起，结为百年之好，这中间有多少需要我们去感念的东西。

所以，古典的婚礼其实是一场哲学的演义和教育。

现在都市的婚礼很大程度上已经变成了一种游戏，一个司仪在那儿不着调地造一些幽默，引导大家说闹，然后大吃大喝。中国古典的婚礼不是这样，它是非常神圣的，也是非常庄严的，它要让我们通过它深深地体会一个词：天作之合。

现在有不少爱情专家鼓吹，爱情可以通过他们发明的公式谋算所得、经营所获，假如古人听到，一定会笑掉大牙。

天作之合，这个词，只是想想都觉得奥妙无穷。天作之合，那是一个多么浩大的恩情。

想想看，两个人能够同时诞生到同一个星球，又能够在茫茫人海中相遇，该是一种多大的稀奇和多大的恩典；相遇又能相识，相识又能相知，相知又能相爱，相爱又能相合，又该是一种多大的稀奇和多大的恩典！

只要我们想想这种递进关系中的概率，想想那个时空点的因缘际会，从时间的无量劫分之一，到空间的千百万平方公里分之一，到人头的数十亿分之一，再到亿分之一、万分之一、千分之一、百分之一、二分之一，这其中，该是蕴藏着多少缘分，多少慈悲。

只有这样去推想，我们才能理解什么叫天作之合。既然是天作之合，我们怎么可以不去珍惜这份苦心和成果？所以古人所说的"结发"二字、"连理"二字、"秦晋"二字中该是包含着多少的期待和嘱托！因此不能轻言分手，因为它是天作之合，它是秦晋之好，它是连理之枝。

这个恩情，我们如何报答得了，更别说蕴藏在两人身上的"年"。这也许就是民间为什么认为把婚礼安排在"乱岁"（腊月二十三至除夕）期间才大吉大利的真实"内幕"。

课堂练习

（一）理解与思考

1.文中提到中国人在"年"中有诸多感恩行为，如祭祀、贴对联等。请结合文章内容，分析这些行为所表达的感恩对象和感恩内涵分别是什么？

2.为什么说禅宗的"因何而来"与感恩相关？从文章观点来看，生命与感恩之间存在怎样的联系？

3.古典婚礼被认为是一种感恩礼，夫妻互拜体现了感恩范畴。请结合文章阐述夫妻之间需要感恩的具体缘由有哪些？

(二)探讨与分析

1.在现代快节奏的校园生活中，很多传统节日的感恩氛围逐渐淡化。分析如何在校园中重新营造浓厚的传统节日感恩氛围，比如可以通过举办哪些活动来增强学生对传统节日感恩内涵的理解和实践？

2.如今，社交媒体上常常出现一些关于人际关系的讨论，其中部分人认为付出就应该得到回报，否则就是吃亏。结合文中对感恩的阐述，分析这种观点与传统感恩观念的差异，以及在我们的人际交往中，应该如何秉持正确的感恩观念来处理与同学、朋友之间的关系？

3.从社会发展和个人成长的角度，分析感恩教育对学生的重要性。学校可以通过哪些课程设置、校园文化建设等方面来加强对学生的感恩教育，培

养他们感恩的品质，使其更好地适应社会并实现个
人价值？

课后心得感悟

_____

_____

_____

2. 孝敬的演义

——体悟孝敬真谛, 传承中华孝道

孝是中国伦理的基础。

《弟子规》有言:"身有伤,贻亲忧;德有伤,贻亲羞。"它提醒我们,做学生应是一个好学生,做农民应是一个好农民,做官应是一个好官。为什么呢?因为任何人生的污点和道德上的缺失,都会使父母不开心,都是不孝。

这也就是中国文化把孝作为根本的原因,因为它本身就是强大的凝聚力和号召力,或者说是道德力。而大年则把孝以一种约定俗成的方式仪轨化,又以一系列仪轨神圣化。

在古代中国,大年的许多仪程,都是在祠堂进行的,它的核心内容是一个孝字。当一个人进入祠堂的时候,就不由得不心存高远,志在圣贤。因为只有如此,才能让子孙后代沐浴来自自己的光荣。否则,一个人如果因为

"德有伤"而被从祠堂开除，那对子孙后代将是一种怎样的打击？可见，每年的祭祖大典，既是感恩，又是鞭策，本质上是在演孝。

比如，大年初一，作为儿孙，都要很庄严地给祖父祖母和父母高堂磕上一头。那一刻，你会觉得不如此不足以表达对老人的祝福，只有当你的膝盖落在土地上的时候你才能体验到那种恭敬和崇敬，才能体会到一种站着或躺着时无法体会的感动和情义，因为那一刻你变成了一种接近于母体胎内的姿态。我想那也是一种孝的姿态，感恩的姿态。

单说大拜年，它在故乡既轻松又庄严。

先从谁家开始，有讲究。不是说谁家有权有势就先去谁家，而是看谁辈分最高谁最年长。无论穷富，无论性别。人们尊的就是一个寿、一个辈分。对长者的尊重是中国古老伦理中一个非常重要的强调。如果细细考穷，这个大拜年，包含着很多很多的人情在里面。

正月初一在村里拜年，正月初二做女婿的要去岳丈家拜年。这样的一个次序是符合中国人的伦常逻辑的。在故乡，初二去岳丈家拜年是"法定"的，娶了人家的女儿就意味着要承担一部分孝道，这也是感恩的要义。

因此，我是不同意"年是怪兽"说的。

如果说真有一种怪兽需要在岁尾年初去驱逐，那这个怪兽就在人的心里，它是贪婪、自私、嗔恨，包括无情无义，包括没有感恩心、敬畏心和慈悲心。

"志在春秋功在汉，心同日月义同天"，这是关帝庙门的对联；左秦琼，右敬德，这是门神。每逢大年，这些句段和形象都不可避免地进入我们的视线，这是我们对忠义的最初感知。

借助大年这个必由之路，中国人让一代又一代的后生一年一度地接受对忠义的怀想和敬仰，潜移默化地让孩子们知道，只有忠义才配在如此庄严和神圣的时刻享受礼敬。

在古人看来，年一定是神圣的。且别说古人，就是父辈，对年的感情也和我们大有不同。

洋蜡问世好长时间了，但父亲坚决反对我们用洋蜡祭神，说洋蜡不干净，而坚持亲手用蜂蜡做；洋纸马出现有些年头了，父亲也不让我们图省事，还是坚持让我们自己用印模印；同样，父亲反对我们买机印对联，坚持手写；反对我们买机封年礼，坚持手包。元宵节也同样，每年夏天打麦的时候，父亲就已经准备元宵节点灯用的麦秸了，挑最正直的，用净纸包了，放在院墙高处的蜂窝里，以免污秽。

他之所以如此，无非是想保持一个"恭"，坚守一个"敬"，完成一个"真"。再比如，父亲把买灶神、门神像不叫"买"，而叫"请"；把点香不叫"点"，叫"上"，则是直接的敬辞了。

而敬，在更多的时候则体现为一种静。

大年中的一切仪轨，可能都是为了帮助人们进入这个静，包括社火和爆竹那种动态的静。

因此，在老家，春晚恰恰是一种打扰。为什么呢？

除夕的本意是守岁。我们且别去追溯"守"的原义，单看字面："屋子"下面一个"寸"。在我理解，它是告诉我们，屋内是一寸一寸的光阴，需要我们一寸一寸地用心去守护。

故乡又把守岁叫"过夜"。

我是反对简化汉字的，但是这个"过"我觉着简化得非常到位：

"走"上面一个"寸"，它告诉人们，时间在一寸一寸地移动。当我们回到当下，去一寸一寸地体味时间的时候，那才是真正意义上的"守岁"，才是真正意义上的"过年"。

从这个意义上说，什么叫大年？

大年就是一寸一寸地享受时间和空间。这时的任何喧闹，或者说任何非自然的喧闹，都是一种打扰，何况像春晚那样人为的巨大的喧闹。

因此，假如把春晚提前或挪后一天，可能会让年味大增。

课堂练习

(一)理解与思考?

1.文中提到《弟子规》中"身有伤,贻亲忧;德有伤,贻亲羞",结合文章内容,分析这句话所体现的孝与个人行为、道德之间的关系。

2.古代中国大年的许多仪程在祠堂进行,核心是孝。分析这种以祠堂为载体的孝文化对个人和家族有哪些意义和影响?

(二)探讨与分析

1.在现代社会,有些学生远离家乡,与父母长辈聚少离多。分析在这种情况下,学生可以通过哪些方式践行孝道,在日常生活中表达对长辈的孝敬之情?

2.如今,一些传统的孝道观念在现代社会面临挑战,例如部分年轻人认为过于强调孝道会限制个人发展。结合文章中对孝的阐述,分析如何在现代

社会背景下,平衡个人追求与孝道传承之间的关系,树立正确的孝道观念?

(三)一周践行记录作业

"感恩与孝道"实践周:在接下来的一周内,开展"感恩与孝道"实践活动。每天设定一个与感恩或孝道相关的实践目标,并记录实践过程和感受。

日期	践行任务	记录内容
第一天	践行"感恩自然",在校园里散步,仔细观察身边的自然景观,如花草树木、蓝天白云等,感受自然的美好和馈赠。在当天晚上,写下一篇短文或诗歌。	记录自己在散步过程中的观察和对自然感恩的心情,思考自然对人类生活的重要性以及自己可以为保护自然做些什么。
第二天	践行"感恩同学",选择一位曾经帮助过自己的同学,真诚地向他表达感谢。可以通过写感谢信、当面交流等方式,具体说明对方帮助自己的事情以及这件事情对自己的影响。	记录下同学的反应和自己在表达感谢后的感受,分析感恩对人际关系的积极影响。

日期	践行任务	记录内容
第三天	践行"孝道——关心父母",给父母打一个电话,在通话中不仅要汇报自己的生活情况,还要主动询问父母的近况,关心他们的身体健康和生活琐事。认真倾听父母的话语,表达自己对他们的思念和感恩之情。	记录下通话的内容和自己内心的感受,思考在平时的生活中还可以通过哪些方式关心父母。
第四天	践行"感恩老师",在课堂上认真听讲,积极回答问题,以实际行动表达对老师辛勤付出的尊重和感谢。课后,给老师写一张感谢卡片,写下自己在这门课程学习中的收获以及对老师教学的感激之词。	记录下老师收到卡片后的反馈和自己在践行过程中的体验,分析感恩老师对学习态度和师生关系的影响。
第五天	践行"孝道——为父母做一件事",利用周末时间,为父母做一件力所能及的事情,如为父母做一顿饭、帮忙打扫房间、给父母按摩等。在做这件事情的过程中,细心体会父母平时的辛苦。	记录下父母的反应和自己的感受,思考通过这样的行动,如何加深与父母之间的情感联系。

日期	践行任务	记录内容
第六天	践行"感恩生活中的小确幸",在一天的生活中,留意身边那些容易被忽视的小确幸,如收到一份小礼物、看到一场美丽的日落、收到陌生人的一个微笑等。	将这些小确幸记录下来,并在当天晚上,回顾这些事情,感受生活中的美好和温暖,写下自己对生活的感恩之情。
第七天	回顾这一周的实践活动,总结自己在感恩和孝道方面的收获和体会,思考如何将这些实践经验融入到未来的日常生活中,持续保持感恩之心,践行孝道。撰写一篇总结报告,分享自己在实践周中的成长和感悟,包括对感恩和孝道更深层次的理解、在实践过程中遇到的困难和解决方法,以及这些实践对自己心态和生活方式产生的积极变化。	

课后心得感悟

_____

_____

_____

3.“和合”的演义

——探寻“和合”真谛，传承中华美德

和是和谐，合是团圆。

一年的奋斗和汗水，只有回到团圆，落实到和谐上才有意义。这，也许就是回家潮势不可挡的缘由吧？

一年是如此，一生也同样。假如我们的一生不能落实在“和合”二字上，也是虚度，也是错过。正是基于这样的理解，才有“和气生财”“和气致祥”这些俗语。

在古代，人们干脆把“和合”尊为仙人，称为“和合二仙”。无论是万里之遥、朝发夕返的“万回”说，还是亲如兄弟、爱如夫妻的“寒山拾得”说，都不离“和合”二字的本义。每一个上了年纪的中国人，大概脑海中都有一个“和合”二仙的模样，也有一个“荷”和“盒”的意象。

团圆饭，特别是除夕的团圆饭，它不是简单的一顿饭，在更多意义上它是一个伦理上的安慰，或者说是一个伦理上的需求，一个伦理上的象征。

团圆意味着健康，意味着平安，意味着绵延昌盛。

这也就是为什么一年的辛苦和汗水只有落实到团圆上才有意义。所以，中华民族关于家关于族的理解中，最为核心的，或者说最有代表性的体现，就是大年除夕的团圆饭。一家人一族人能不能坐在一桌上，它已经不单单是一顿饭的问题，而是这个家的圆满程度、幸福程度、昌盛程度。

大年三十，习惯上我们都要吃饺子。而饺子呢？它不同于面条，不同于菜，它是一种包容，一种和合，一种共享，一种圆融，它象征着团圆、幸福和美好。

团圆之所以如此重要，还因为它是一个忧伤的话题，一个永恒的忧伤话题，从一定意义上讲它是分别的代名词，因为没有分别就没有团圆。

团圆给人们的渴望因何如此强烈？就是因为这个世界上有太多的分别，而且分多合少；也正是因为分得太久，合才显得特别甜美。

而作为人在这个世界上生存，奔波是难免的，出游是难免的，为了生计走南闯北是难免的，无论做官，做商，做工。

特别是现代社会，大多数人事实上都是游子，而游子盼归，这本身就是忧伤的话题。所以，如果我们在喜庆之外，在大红大紫之外，要给大年再找一个色彩，那一定是忧伤了。

过完大年，点完明心灯，我们又要出发。所以大年是一个巢，也是一个港口；是归帆的地方，也是千舟竞发的地方；它是驿站，又是岸；最终是伴随游子走天涯的三百六十五个梦。

再说和合。可以作为中国人表情的年画《一团和气》，居然能让一个人端居圆中，甚至就是一个圆，真是再智慧不过。

而中国人记忆中的经典形象"福、禄、寿"三星，在我理解，和"和合"二仙有着脱不了的干系。

他们笑口常开，以八千岁为春，以八千岁为秋，经百万亿劫不恼不怒，历百万亿劫无怨无尤。

当一个民族以这样的意象作为图腾，她，怎么能不万古长青？我们可以想象一下，设若一个人正在生气，看到这样的年画，脸上该转化为怎样的表情？

什么是福？什么是禄？什么是寿？答案就在他们的脸上。

在我老家，只要有人家"填了三代"（在红纸上填写祖宗三代神位敬供），人们就都要在大年初一进去上香的，即便之前与这家是仇人。在老家，许多冤家就是于大年初一这天和好的。人家都能进门来，在"三代"前上香，在祖宗前磕头，我们还有什么不能原谅的？于是握手言和。就是再大的仇恨，如果这天不去人家"三代"前上香，那全村人都会看不起他；假如去了，对方不让进门，那全村人从此就会不进那家的门。

正是基于这样的民间"条例"，大年成了一个天然的和事佬。包括大年初二之后的"走亲戚"，除了体现着感恩、孝和敬的主题之外，还是对乡村伦理的一种自然维护。

这种和合还体现在非人间伦理上。比如，大年期间天官、城隍、土地、龙王、山神、树神、灶神、门神、药神、喜神、吉神、财神、井神、梯神、路神、场神、车神、水神、牛头马祖等等众神共庆的场面，无不上演着一出和合大戏，也体现着中国文化让人感动的包容性。

再比如，"三十"的火、元宵的灯，要每个房间都通明。这是在两个不同的时空点上，以火和灯演义一种平等性。故乡的讲究是大年三十晚上每个屋子都不能黑着灯，无论是牛窑羊圈，还是鸡棚狗舍，都要给它一盏灯，都要"进火"，不能有一处黑暗，不能有一处光明的盲区。真是天涯共此时，光明共此时。

元宵节的灯也一样，应该分配在每一个层面，包括仓屯、井栏、草垛、磨台、蜂房、燕窝，甚至桃前李下，都要和家中一样，都要拥有一盏灯，都不能有遗漏。

这就是中国人的"众生"理念和平等观，它的背后其实还是一个"合"。

课堂练习

(一)理解与思考

1.分析除夕团圆饭、吃饺子等习俗所蕴含的"和合"文化内涵,这些习俗对家庭关系和家族观念的塑造起到了怎样的作用?

2.中国人记忆中的"福、禄、寿"三星与"和合"二仙有何关联?从文章观点来看,这些经典形象所传达的文化意义是什么?

(二)探讨与分析

1.如今,随着社会竞争加剧,许多学生毕业后选择留在大城市打拼,与家人聚少离多,这对传统的"团圆"观念产生了冲击。结合文章内容,分析在这种社会现状下,如何重新诠释和传承"团圆"文化,使其在现代社会中依然具有重要意义?

2.从社会和谐发展的角度,分析"和合"文化在构建和谐社会中的重要性。自己作为未来社会的主力军,在日常生活中,应如何践行"和合"理念,为促进社会和谐贡献自己的力量?

课后心得感悟

_____

_____

_____

4.祈福和欢乐的演义

——探寻祈福欢乐真谛,传承中华节庆文化

在大年期间,无论是年画、社火,还是大戏,还是各种祭礼,包括一言一行,都是祈福。

《一团和气》《连年有余》《五福临门》《出门见喜》《天官赐福》这些年画,既是公认的中华民族符号,也是中华民族文化的核心意象,同时也是人们美术化了的祈福。

而社火则纯粹是一种媚神之歌舞。社为土地之神,火是火神,社火中的仪程则是纯粹的祝福。比如《财神颂》:"财神进了门,入着有福人,福从何处来,来自大善心。"就是说,财神进门是有前提的,那就是你首先要是一个有福人。而福从何来,福从善来。由此,我们发现,这个《财神颂》,实际上是告诉我们财神的本意。

这便是古人对祈福的理解。

还有就是作为祭祀主体的祭祖。儿孙福自祖德来,

这是中华民族最为广泛的因果认同。既然儿孙福自祖德来，那么托庇于祖先保佑，则是千家万户再自然不过的心愿。

在古老中国朴素的因果传统中，认为一个人做了大官发了大财不是自己的能耐，而是祖宗阴德。为此我想，大年期间的祭祖也是在表达着一种古人对祖先的理解：祖宗是快乐的源头，是财富的源头，是显贵的源头，祖宗和后代之间有一种深沉的隐秘的逻辑关系，甚至人们把一切好运的到来都归功为祖上有德。我们怎能不去认真地感谢祖德，去认真地祭祖呢！

《朱子家训》有言"祖宗虽远，祭祀不可不诚"，并且把它置于"子孙虽愚，经书不可不读"的前面，以此呈现一种承接关系。从这个意义上说，春节期间的祭祖，既是感恩，也是祈福，又是教育：你能有今天的健康，今天的平安，今天的荣华富贵，是因为你有一个大后方，那就是祖宗功德。它告诉我们一个公理，做好事不吃亏，做好事绝对正确。

什么叫"五福临门"，什么叫"出门见喜"，什么叫"天官赐福"，都是一个人为自己的行为负责的一种比较仪式化的训诫，这才是祈福的本质意义。如果带着很强的功利心去求荣华富贵，是求不来的。

大年的喜庆如汪洋大海。

它在香喷喷的饭菜和茶饮里，在红彤彤的"门迎春夏秋冬福，户纳东西南北财"的春联里；它在排山倒海的爆竹声中，在喧天动地的锣鼓声中，还在漫山遍野的秦腔中；它在一家人团圆的天伦之乐中，也在孩子们的新衣服和压岁钱中；它在灯方，在墙围，在年画，在门神，在社火，更在老百姓的把酒相邀共话桑麻里；它在瑞雪兆丰年的期盼里，在普天同庆的氛围里，甚至在"猫吃献饭""老鼠娶亲"这些窗花里。

想想看，雪打花灯，喜鹊啄梅；想想看，热炕在暖，子孙在绕；想想看，抬头迎春春满院，出门见喜喜盈门；想想看，一元复始，普天同庆。注意，是"普天"，是"同庆"。

大年的喜庆像根一样扎在大地深处，扎在季节深处，也扎在华夏儿女心灵深处，它像庄稼一样成长，也像华夏儿女的心事一样成长。

这大年，就是为生长喜庆而来。

大年的快乐也如汪洋大海。

且别说在现场，就是每一次回想，都让人的心灵为之战栗。在写完长篇小说《农历》之后，我再也没有经历过类似享受的写作流程，那真是一段记忆中的黄金。如果说我这一生还有什么足以让自己庆幸的地方，那就是拥有如此黄金。我非常感激上苍没有把我降生在城里，包括豪门显贵之家，却投放到宁夏西吉县将台堡一个名叫粮食湾的小山村，它让我能够从童年开始就享受大年所带来的那种刻骨铭心的快乐、销魂的快乐、无缘无故的快乐。我曾在《农历》"大年"一节中写到一个细节，当五月和六月把新衣服穿上以后，正式守岁的时候还没有到来，他们俩就在院子里莫名其妙地跑，从这个屋跑到那个屋，从那个屋跑到这个屋，没有缘故，就像两尾鱼，在年的夜色河流里穿梭。

那种没有缘故的快乐，在我人生自此以后的乐章中再也体会不到了。那种快乐之所以让我那样迷恋，就是因为它是纯粹的快乐，没有任何污染的快乐，没有任何杂质的快乐，纯天然的快乐。事实上，这个快乐我现在还说不透，它到底为何如此让人怀念，让人感动，让人难以忘怀，但有一点是肯定的，那就是它跟大年有关。

也许大年它本身就是童年的，或者说它本身就是人类的童年，本身就是无尽岁月的一颗童心，才让人如此彻骨地怀念和感动。在这种特有的怀念和感动里，我们的灵魂得以舒展，得以灿烂，得以滋润，得以狂欢。

课堂练习

(一)理解与思考

1.文中提到社火中的《财神颂》揭示了财神的本意,结合文章内容,分析这种对财神的理解所反映出的古人祈福观念是怎样的?

2.春节期间的祭祖在古人看来既是感恩,也是祈福,又是教育。请阐述祭祖这一行为如何体现这三个方面的意义?

(二)探讨与分析

1.在现代社会,人们依然会通过各种方式祈福,比如在寺庙许愿、购买吉祥物等。与文章中古人的祈福方式相比,有哪些相同点和不同点?从文化传承和演变的角度,分析现代祈福方式反映了怎样的社会心态和价值观念?

2.如今,随着娱乐方式的多样化,大年的喜庆氛围在一些地方有所淡化。分析如何在现代社会背景下,重新唤起人们对大年喜庆氛围的重视,让传统的欢乐元素更好地融入现代生活,增强人们的文化认同感和归属感?

(三)一周践行记录作业

"和合"实践周:在接下来的一周内,开展"和合"实践活动。每天设定一个与"和合"相关的实践目标,并记录实践过程和感受。

日期	践行任务	记录内容
第一天	践行"宿舍和合""小组和合",组织一次宿舍成员的集体活动,如一起打扫宿舍卫生、举办小型宿舍座谈会等。在活动过程中,注重与室友的沟通和协作,倾听每个人的想法和建议,共同营造整洁、和谐的宿舍环境。	记录下活动的过程、大家的参与度和感受,分析这种集体活动对宿舍成员关系的积极影响。
第二天	践行"班级和合",在班级课堂讨论或小组作业中,积极主动地与同学们合作,尊重他人的观点和意见,尝试从不同的角度思考问题,共同解决学习中的难题。	记录下在合作过程中的互动情况、遇到的困难及解决方法,思考通过合作学习如何增进班级同学之间的和谐关系。

日期	践行任务	记录内容
第三天	践行"文化和合",选择一个与自己文化背景不同的同学或朋友,与他们交流各自的文化习俗、传统节日等,了解对方文化的特色和魅力,分享自己文化中的有趣之处。	记录下交流的内容和自己对不同文化的新认识,分析在文化交流中如何做到相互包容和理解,促进文化的融合。
第四天	践行"自然和合",利用课余时间去校园的自然景观区,如花园、树林等,进行一次观察自然的活动。在观察过程中,感受自然的和谐之美,思考人类与自然的关系,尝试以实际行动保护自然环境,如捡起垃圾、爱护花草树木等。	记录下自己在自然中的体验和感悟,以及为保护自然所做的具体行动和效果。
第五天	践行"邻里和合",如果居住在学校周边的社区,主动与邻居打招呼、交流,在力所能及的范围内帮助邻居解决一些小问题,如帮忙提重物、解答疑问等。	记录下与邻居互动的过程和邻居的反馈,思考如何通过这些小举动促进邻里之间的和谐相处。

日期	践行任务	记录内容
第六天	践行"自我和合",在当天晚上,留出一段时间进行自我反思,回顾自己一周内的行为和情绪,思考自己在与他人相处、面对困难时,是否做到了心态平和、关系和谐。针对自己存在的不足,制定改进计划,并在未来的生活中逐步实施。	记录下自我反思的内容和制定的改进计划,分析自我和合对个人成长和心理健康的重要性。
第七天	回顾这一周的实践活动,总结自己在"和合"实践过程中的收获和体会,思考如何将这些实践经验融入到未来的日常生活中,持续弘扬"和合"理念,营造和谐的生活环境。撰写一篇总结报告,分享自己在实践周中的成长和感悟,包括对"和合"理念更深层次的理解、在实践中遇到的挑战和解决方法,以及"和合"实践对自己人际关系、文化认知和个人心态产生的积极变化。	

课后心得感悟

_____

_____

_____

5. "天人合一"的演义

——探寻"天人合一"真谛，传承中华传统智慧

大年的这种演义从"腊八"就开始了。

关于"腊八"的传说有许多，在我看来，它旨在提醒我们从功利中回来，"难得糊涂"一下，享受生活，享受当下。因为回到当下是对诸神最大的礼敬，也是对生命最大的关怀。

"慈悲"的"慈"，字面是"兹"下面一个"心"，我认为就是"这里、现在的心"。它告诉我们，回到当下是最大的慈悲，因为只有回到当下，你的心才在现场，而只有心在现场，你才在"生"之中，才在"人"的"职分"之中，你也才有感恩的资质，甚至就是感恩的本意。而"忙"则是"心"的"亡"。

在中国古老的哲学体系中，无论是儒，还是释，抑或是道，"天人合一"都是它们的核心旨归。为了达到这种天人合一，我们需要腊八的"难得糊涂"，需要从小年(腊

月二十三)开始的除尘。"难得糊涂"是让我们从惯性和速度中解脱出来,从功利和世俗中解脱出来;除尘是让我们从污染中解脱出来,从尘垢中解脱出来,而从一定意义上讲,惯性和速度也是灰尘。

我们之所以能够在井里看到自己,那是因为井的安静;我们之所以在湍急的河流里面看不到自己,那是因为河流的匆忙。

人们只有扫净心灵的灰尘,回到当下,才能走进"天人合一",才能和万物沟通,才能和天地同在。

这也就是古人要让我们"时时勤拂拭,莫使惹尘埃"的原因。

为之,在大年中有许多具体的要求和程序。

听父亲讲,社火中陪伴仪程官的几大灵官,在上妆之后便不许说话,多数情况下是整整一天。因为在进入"社火"之后,他们就不再是世俗意义上的人,而是傩,而傩就意味着是天地中介,人神共在,凡圣一体,任何世俗的表达都是不敬,都是冒犯,都是非道——包括世俗的念头都要警惕,都要观灭。这种极为强烈的角色意识和纯粹的进入,其实贯穿在大年的所有祭礼中。为此,从腊月三十开始的一个个祭礼,无不都是一种走进天人合一的门径。

关于爆竹,也有许多说法,但在我理解,它既不是为了驱邪，也不是为了热闹，它仍然是唤醒世人的一种方式：通过那一声声一串串或脆或钝的响声，让我们从迷糊中警醒过来。

"古寺无灯明月照，山门不锁白云封"，当第一次在老家的山神庙门看到这样的对联时，一种难以言说的美感使我心灵战栗。那种美超尘超凡，真是深入人的骨髓。在大年，会随时体会到这种心灵的震颤。

而月圆之夜，点灯时分，则纯粹是一种天人合一。

有一年我去逛一个城里的灯会，有烟花，有铺天盖地的花灯，心里却觉得十分的"隔"，不多时就打道回府了。当我站在阳台上，向老家张望的时候，有一串火苗就在心里展开，心一下子静了下来。多年以来，我都在寻找一个词去表达心中的那种感觉，却很难表达得贴切。我只能勉强说，它是一种大喜悦，或者是一种大安详。

那是老家的元宵，沉甸甸的月色中，一桌的荞面灯渐次亮起。

永远亮在一个游子的梦里。

点灯时分，它是一种怀念，更是一种引领。借助那些摇曳的灯苗，我们得以走进生命的原初，得以看到释家所讲的那个"在"。

也许这灯，就是灵魂的形状，或者说是生命的形状，或者说是天人合一的形状。它本身给人一种召唤。我想每一个人在看到灯的时候、火的时候，都会有这种回到自身的感觉。我曾在一篇散文中写到，尽管暖气片给了我们热度，可我们觉得它是冰凉的，而炉火可能提供不了暖气片那样的热度，但当我们看到那一束火苗的时候，一种莫名的温暖就从心底升起。这也就是为什么许多祭礼中都要出现火的缘由吧。

也许，火的状态就是一种当下的状态，火在点燃之前是沉睡，燃烧之后则进入另一个沉睡，只有燃烧的那一刻是醒着的。

而只有亮着灯光的房间才是小偷不敢光顾的，可是一生中做客我们心宅的小偷何其多也。这也就是元宵节点灯时分，老人为什么不让我们心生任何杂念的缘故吧！比如我问父亲，可以想发财吗？他说不可以。可以想当官吗？他说不可以。那干吗呢？他说你就静静地看着，看那灯捻上的灯花是怎样结起来的。看着看着，我们就进入一种巨大的静，进入一种神如止水的状态。

那一刻，我们的心灵可以说是一尘不染，就像头顶的一轮明月。真是敬佩元宵节的创造者，他能够把点灯时分和月圆时分天然地搭配，简直是一种再高妙不过的创造。

你的面前是一片灯的海洋，头顶却是一轮明月——那事实上就是你的心了。这一刻，你怎么能够不天人合一呢？

而那灯本身就引人思索。一勺油、一柱捻、一团荞面，就能够和合成一盏灯，而且油不尽则灯不灭。而最终让这灯亮起来的则是人手里的火种，那么，人手里的火种又是谁点燃的呢？

这难道不是生命和宇宙的奥秘吗？

为此，古老的元宵节，在我理解，它是古智者苦心为他的后人设计的一场回到当下的演习。

相比点明心灯，城里的闹花灯事实上已经变成了一种竞技，或者说一个规模性的文化活动。而只有保留在民间的点荞面灯，还保存着心灵的意义，还保留着元宵节点明心灯的原始意味。

如此看来，人们把以纪念释迦牟尼成道之日的腊八作为"大年"的开始，把元宵夜点明心灯作为"大年"的结束，有着特别强烈的象征意义。因为在东方人看来，成道、明心见性，意味着大解脱、大自在、大安详、大快乐、大幸福。这些"大"，也许才是"大年"的真正含义，也是人们为何如此迷恋"过年"的秘密所在。

为此，"五谷"和"丰登"才有了真实的贡献意义。否则，人生就是浪费，生命就是罪过。所谓"施主一粒米，大如须弥山，此生不了道，披毛戴角还"，何况我们受用着天地造化如此丰厚的馈赠。为此，我们就不难理解孔子为何感叹:"朝闻道,夕死可矣。"

课堂练习

(一)理解与分析

1.文中提到腊八的"难得糊涂"和从小年开始的除尘与"天人合一"有关,结合文章内容,分析它们是如何帮助人们走向"天人合一"境界的?

2.作者认为元宵节点灯时分是天人合一的体现,请分析在这一时刻,灯光、月色以及人的心境之间是如何相互关联,从而达成天人合一的状态的?

(二)探讨与分析

1.在现代快节奏的生活中,人们往往难以做到像古人那样通过特定习俗达到"天人合一"。分析当代学生可以在日常生活中采取哪些方式,从忙碌和功利中解脱出来,尝试接近"天人合一"的境界,比如在校园环境、学习生活等方面给出具体建议。

2.如今,传统节日的一些习俗在城市中逐渐简化或改变,以元宵节为例,城里闹花灯和民间点荞面灯在对"天人合一"的传承上有何不同?从文化传承的角度,分析如何让城市中的传统节日习俗更好地保留和体现"天人合一"的内涵,增强文化认同感。

课后心得感悟

_____

_____

_____

6. 教育和传承的演义

——探寻大年中的教育与传承，
领悟中华传统智慧

大年时时处处都在演教。无论是对联、年画、社火，还是祭祖、守岁、拜年，无一不是为了唤醒人们的正知见，让人们回到真善美，甚至回到生命本质。

"几百年人家无非积善，第一等好事只是读书"这样的对联自不必说；"欲高门第须为善，要好儿孙必读书"这样的仪程词自不必说；《朱子家训》《弟子规》这样的书法作品自不必说；《和气生财》《和气致祥》这些年画自不必说……这种教育，还渗透在大年的每一项活动和每一个细节之中。

小时候，我们去跟年集，父亲都要叮嘱：请灶神时，灶君脚下的鸡一定要向家里叫，狗一定要向门外咬。问父亲，为什么呢？回答是"鸡"者，吉也，故纳之；而一个称职的狗是不咬自家人的。贴门神时，他则叮嘱我们，秦琼、敬德一定要面对面。问为什么,回答是面对面是合相,脸背脸是分相。

再比如,在故乡,人们把初一到初七的七天分别名为鸡日、狗日、猪日、羊日、牛日、马日、人日。问父亲,为什么把初一定为鸡日?回答是鸡是"五德之禽",头上有冠之美是文德,足后有距能斗是武德,敌在前敢拼是勇德,有食招呼同类是仁德,守夜报晓不失时是信德。

还比如,每家的老人都要叮嘱孩子,过年要断"三恶"、修"四好"。"三恶"是恶口、恶行、恶念,"四好"是存好心、说好话、行好事、享好福。单说断"三恶",不"恶口"与不"恶行"大家努力一下也许可以做到,但是要不动"恶念"就很难了,但古人并没有因为难,就降格以求。想想看,当每一个人都做到了断"三恶"修"四好"时,那日子该是多么的吉祥!

在乡土中国,大年还是一个文化展览和交流的平台。

在我们老家西海固那一带,有许多人家藏着字画,但平时舍不得挂,害怕尘土把它们染脏,只有在每年除尘之后才把它们挂上。

比如说,最经典的《朱子家训》《弟子规》,差不多是每一家都要有的。大年初一,大家在走村串户拜年的时候,一方面是在拜年,另一方面就是成群结队地去巡览字画。"黎明即起，洒扫庭除，要内外整洁；既昏便息，关锁门户，必亲自检点。一粥一饭，当思来之不易；半丝半缕，恒念物力维艰"，这些句子就是在小时候大拜年期间识得，并潜移默化记住的。

还有一些人家在"文革"期间大着胆子把一些古字画存了下来，这更让现在的年轻人稀罕、着迷。大年初一大拜年时，他们往往可以一饱眼福。

每年除夕，村里人都要到庙里去抢头香。而在庙中等待子时到来的时间里，大家在干什么呢？在看展览。展现在我们面前的，是整整一庙墙的对联，整个一面庙墙上全是红彤彤的对联。

"古寺无灯明月照，山门不锁白云封"。这样绝妙的句子我就是在庙门上看到的。在那样绝尘、肃穆的环境中，看到这种超凡脱俗的句子，心灵经历的该是一种怎样的美的洗礼！

再比如，"保一社风调雨顺，佑八方国泰民安"，则是一种怎样宏大的境界！他们不但要"风调雨顺"，还要"国泰民安"，这就是中国老百姓的情怀。他祈祷，他祈福，但他没有说"保我家风调雨顺，佑我家荣华富贵"。从这个意义上讲，大年是不是一种爱国主义教育呢？

还比如，我们最熟悉的"天增岁月人增寿，春满乾坤福满门"，它包含着一种多大的祝福啊，同时又有一种棒得无法言说的天地伦理。"天增岁月人增寿"，它的大前提是"天增岁月"，才能"人增寿"；"春满乾坤福满门"，它的大前提是"春满乾坤"，才能"福满门"。"岁月"在前、"乾坤"在前，"寿"在后、"门"在后，这就是中国人的逻辑。

中华民族在任何时候都在讲"国家"，讲"入世"，在讲儒家学说的核心概念"仁"，让我们走出小家，从一个人变成两个人，就是一事当前要能想到别人。事实上这就是"天增岁月人增寿，春满乾坤福满门"表达的要义。首先强调共体，再强调个体，我想这也就是为什么四大文明古国中，唯独中华民族还屹立在世界民族之林的原因，因为我们永远先强调国，再强调家。

中华民族所信奉的人生进修的程序是"格物、致知、诚意、正心、修身、齐家、治国、平天下"。前边是讲人，中间是讲家，然后是国，最后是天下。每一个婴儿从诞生的那天起就在如此的教育体系中，这样的民族怎么会不绵延不绝呢？

大年是一出中国文化的全本戏，是一出真善美教育和传承的全本戏，是中华民族基因性的精神活动总集，是华夏子孙赖以繁衍生息的不可或缺的精神暖床，是中华民族的一种准宗教性质的体统。

它是岁月又超越了岁月，它是日子又超越了日子。

它带有巨大的迷狂性和神秘性，这种迷狂和神秘，可能来源于中华民族的精神源头"巫"传统，其核心是"天人合一"。而要达到"天人合一"，"格物致知"是必要条件，"诚意正心"是必要条件，"修身齐家"是必要条件，"治国平天下"同样是必要条件。

回到大年本身，祈福也好，祝福也罢，"天人合一"既是目的又是方法，为此，我们需要不打折扣的诚信和敬畏，需要不打折扣的神圣感，所谓"与天地合其德，与日月合其明，与四时合其序，与鬼神合其吉凶"。这大年，不就是一个"合"字吗？和天地相合，和日月相合，和四时相合，和鬼神相合。这种迷狂，这种大喜悦、大自在、大快乐，不就来自于这个"合"吗？现在再去回想，为什么爱情那么让人着迷，因为它是一个合；为什么合家团圆那么让人着迷，因为它也是一个合；为什么天降大雪那么让人着迷，因为它也是一个合。所以，这个"合"字可以说是中华民族的一个代表性符号，或者说代表性的意象，我们也许只能从"年"的味道里去体味，从那种无缘无故的喜悦和狂欢中去体味。

正是这种迷狂性，才造成了海潮一样的回家潮，造成了季风一样的春运，才让人们在季节的深处不顾一切地回家，候鸟一样，不由分说地，无条件地，回家。为此我说，娘在的地方就是老家，有年的地方才是故乡。

我们甚至可以说,大年是中华民族一桩无比美好的计谋,它把华夏文明的骨和髓,通过连绵不绝的仪式,神圣化,民间化,亲切化,轻松化,出神入化……

大年像一个循循善诱的导师,又像一个天才的导演,演义着中国文化的无尽奥义。

懂了大年,就懂得了中华民族,也就懂得了生命本身。

课堂练习

(一)理解与思考

1.文中提到大年的对联、仪程词等都渗透着教育意义,请举例说明这些内容是如何传达真善美以及生命本质等观念的?

2.过年时父亲对请灶神、贴门神等习俗的叮嘱,反映了传统文化中的哪些寓意和价值观?结合文章分析这些习俗对人们行为和思想的引导作用。

(二)探讨与分析

1.在现代社会,传统文化的传承面临诸多挑战,例如一些年轻人对传统习俗的了解和重视程度逐渐降低。分析如何利用现代媒体和社交平台,在大年期间更好地传播和弘扬传统习俗所蕴含的教育意义,提高年轻人对传统文化的兴趣和认同感?

2.如今,许多家庭在过年时简化了传统仪式,这对文化传承可能产生一定影响。以文章中提到的春节期间的祭祖、拜年等活动为例,探讨简化传统仪式会失去哪些文化内涵,以及如何在现代生活节奏下,适度保留和创新这些仪式,使其既能传承文化,又能适应现代社会?

(三)一周践行记录作业

"天人合一"实践周:在接下来的一周内,开展"天人合一"实践活动。每天设定一个与"天人合一"相关的实践目标,并记录实践过程和感受。

日期	践行任务	记录内容
第一天	践行"回归当下",选择一项日常活动,如吃饭、走路或打扫卫生,在进行该项活动时,专注于当下的每一个动作和感受,排除杂念,认真体会当下的状态。	记录下活动过程中的专注程度、内心的平静感以及对当下的新认识,思考回归当下对实现"天人合一"的重要性。

日期	践行任务	记录内容
第二天	践行"心灵除尘",花15-20分钟进行冥想或静思,回顾自己近期的思想和行为,找出那些可能扰乱心灵、带来浮躁和功利的因素,尝试将这些杂念清除。	记录下冥想过程中的思考内容和心灵的变化,分析心灵除尘对自身精神状态的改善作用。
第三天	践行"与自然和谐相处",利用课余时间去校园的花园或附近的公园,观察自然景观,与花草树木、飞鸟虫鱼等自然生物互动,感受自然的生命力和美好。尝试为自然做一件力所能及的事情,如捡起垃圾、为植物浇水等。	记录下在自然中的体验、与自然互动的感受以及为自然付出后的心情,思考人与自然和谐相处与"天人合一"的联系。
第四天	践行"传统习俗中的教育",研究并学习一种传统习俗,如贴春联、剪纸等,了解其背后的文化内涵和教育意义。亲自参与该习俗的实践,如自己动手写春联或制作剪纸作品。	记录下学习和实践过程中的收获,包括对传统文化的理解加深、对传统技艺的掌握,以及从习俗中领悟到的关于真善美和生命本质的道理。

日期	践行任务	记录内容
第五天	践行"节日中的天人合一",如果当天有传统节日,按照传统习俗的要求进行庆祝活动,如在元宵节点灯、中秋赏月等,用心体会节日氛围中蕴含的"天人合一"意境。	记录下节日活动中的感受、对传统节日意义的新理解,以及在节日中如何通过具体行动实现与天地、自然、文化的融合。
第六天	践行"诚信与敬畏",在与同学、老师或朋友的交往中,严格遵守诚信原则,答应的事情一定要做到。同时,对所学知识、师长以及生活中的各种事物保持敬畏之心,不轻视、不亵渎。	记录下在人际交往中践行诚信和敬畏的具体事例,以及他人的反馈和自己内心的感受,分析诚信与敬畏在实现"天人合一"过程中的作用。
第七天	回顾这一周的实践活动,总结自己在"天人合一"实践过程中的收获和体会,思考如何将这些实践经验融入到未来的日常生活中,持续追求"天人合一"的精神境界。撰写一篇总结报告,分享自己在实践周中的成长和感悟,包括对"天人合一"理念更深层次的理解、在实践中遇到的困难和解决方法,以及"天人合一"实践对自己的价值观、生活方式和精神状态产生的积极变化。	

课后心得感悟

_____

_____

_____

第四章　在文学中传播安详

写作的过程就是一种情怀、一种理念、一种价值取向诞生的过程，它本身是在发出一种信号，是在召唤和它有缘的人。

一种文学是否会成为最终的赢家，需要时间检验，非常喜欢著名作家陈建功先生讲过的一句话——优秀作家只追求来世报。

是什么让《弟子规》《了凡四训》这些读本经久不衰？在我看来，是一种母乳般的品质。如果我们能够把目光拉长，在一个大的格局中去审视，传统恰恰是最时尚的、最有生命力的、最能保质保鲜的，因为地球是圆的，因为人心是圆的。

这个世界上，总有一些东西是人们永远需要的，这些东西，在我看来，就是传统。传统作家要做的事应该是把传统现代化，就像过去蒸米用柴火，现在用电饭锅一样。作家的使命，不应该是重新创造一种大米，而是去探索更好的蒸法，把大米做成适合现代人胃口的美餐。

1. 起于随缘

——探索文学、生命与智慧的交融之路

这个世界上为什么有作家？因为有读者。

什么样的作家才是好作家？还得从读者说起。

作者和读者的相逢是一个因缘，一个充满偶然但又必然的因缘。

一粒种子进入土壤，这个种子就是因，土壤就是缘。只有在因和缘同时具备的情形下，一棵庄稼才会长出来。一粒种子，我们把它放在干燥的玻璃器皿里面，可能千年万年都不会发芽，可一旦植入适宜的土壤，它就发芽、开花、结果。

一粒文字的种子在进入读者心田的时候，它是带着这种奥妙的因缘去的；什么样的土壤更适合种子发芽，它们是同气相求的。这既是文字对读者的选择，也是读者对文字的选择。文字之所以诞生，正是因为读者的召唤。正是因为有召唤在，所以才有诞生在。

在我看来，写作的奥妙就在这里。

写作的过程就是一种情怀、一种理念、一种价值取向诞生的过程，它本身是在发出一种信号，是在召唤和它有缘的人。

我们经常在讲随缘，实际上我们是不大懂得什么叫随缘的。随缘不等于随波逐流，一个人对这个世界了悟于心之后的一种选择，才能叫随缘，它是一种大觉悟的境界。当一个人或一篇文章到你面前的时候，你能"识得"其背后的宿命，这才叫随缘。

农民是最随缘的。他们知道在什么季节种什么粮食，在什么地里下什么种子，绝对不会逆岁月或逆时序去做；他们知道"清明前后栽瓜点豆"，就不可能在秋天或冬天去播种。这是一种了不得的了悟世界或觉悟世界的方式。

一个成熟的作家，他在代表他的文字去旅行的时候，是最尊重他的读者的，而他的读者也最尊重他，热爱他。

中国古人讲"慈"，讲"悲"，说穿了就是讲"爱"。他们甚至认为世界的原点就是爱，造化的心脏就是爱。从这个意义上去理解，人为什么渴望爱？人为什么会被爱打动？因为那是我们的当初，是我们的原点，是生命出发的地方，也是归宿。

中国古人还讲"人之初，性本善"，"本善"就是本来的那一块创造生命的材料。打个比方，如果我们把世界看作千姿百态的美食，那么"本善"就是造化之厨手中最初的那一团面粉。

为什么人是千差万别的呢？因为"性相近，习相远"，是习气和污染把生命变得千差万别。

因而，回归生命的过程实际上就是反污染的过程。在我理解，文学和文字在一定意义上讲，就是帮助人们清洗心灵灰尘的一个载体，这是文学在"本来面目"上的一个意义。

因为生命最本质的诉求是回归，回归本有的光明，回归本善。

如果一篇文字没有帮助读者清洗心灵，没有帮助他回家，没有帮助他找到本原意义上的光明，反而给明珠又增加了一层污染，这样的文字，就是反动的文字，是需要我们警惕的。

如果眼睛和耳朵把不好这道关的话，就会使心灵遭受污染和侵害。

古人讲"舍得"，就是告诫我们要时时刻刻警惕应该舍去什么，留下什么；欢迎什么，拒绝什么；拿起什么，放下什么。

生命的艺术说到底是"舍得"的艺术。

舍什么?怎么舍?

并不是要我们把世界舍掉,把生命舍掉,把生活舍掉,而是把自私舍掉,把欲望舍掉。

"舍得"是讲只要我们把物质诉求打扫干净,不用去求,明珠自会焕发光明,这叫作无求自得、自然所得。

什么叫自然?本来就是。我们本来就是一颗明珠,只不过被污染了而已。只要我们把外在放下,内在自然出现。由此可知,"得到"只不过是"放下"的代名词。

古人讲人人都有智慧,有大智慧,只不过是被遮蔽了而已。

真正的文化就是要扫除这一层遮蔽,就是要扫除掉世世代代积淀在我们心灵上的那一层灰尘。由此看来,"身是菩提树,心如明镜台。时时勤拂拭,莫使惹尘埃"讲的正是文化的要义,就是不断把我们的心灵擦亮,保持光明。如果镜子上有灰尘我们是看不见自己的,更不要说去看世界。

本来,我们每一个人都能看见自己,只不过被灰尘障住了视线。帮助读者擦掉这一层灰尘,就是文化的使命,也是文学的使命。

课堂练习

(一)理解与思考

1.文中以种子与土壤的关系类比作者和读者，结合文章内容，分析这种类比如何体现作者与读者之间的因缘以及文字与读者的相互选择？

2.为什么说文学是帮助人们清洗心灵灰尘的载体？从文章观点来看，文学是怎样在人们回归生命本质的过程中发挥作用的？

(二)探讨与分析

1.在信息爆炸的现代社会，网络文学、自媒体文章等各种文字内容充斥着人们的生活。请问你们如何在海量的文字信息中，运用文中提到的理念，筛选出真正有价值、能清洗心灵的文字，提升自身的文学鉴赏能力和精神境界？

2.如今，部分作家为了追求流量和商业利益，创作的作品缺乏深度和内涵，甚至存在不良导向。结合文章中关于文学使命的观点，探讨如何规范文学创作环境，鼓励作家创作出更多有助于读者回归生命本质、清洗心灵的优秀作品？

课后心得感悟

2. 忠于使命

——探寻文学神圣使命与价值真谛之路

文学要向太阳学习。

太阳每天从东边升起，照耀四方。它没有想着今天要照哪个人不照哪个人，只要出来就行了，只要把自己的光辉散发出来就行了。

文字就是那一束阳光，把自己的光芒散发出来，使命就完成了。至于读者怎么选择、怎么收藏、怎么相守，那是读者的事情。作家的职责就是把自己的一份光辉散发出来，通过文字，完成他的使命。

为此，我们不能在写每一篇文章的时候，都假定一个读者群。现在有好多作家就这样假定，有些说他是为孩子写作的，有些说他是为中年妇女写作的，有些说他是为空巢家庭写作的……这种战略和战术是对的，如果从商业策略来讲的话。

而文学则是反商业的，它是神圣的、崇高的，是要我们带着神圣感去从事的。

当我们带着神圣感去从事这份工作的时候，神圣感会成全我们，因为"爱"是相互的。当我们心里有一个很大的愿望，要为世道人心，为苍生，为这个民族，为这个国家去做一些什么的时候，境界就不一样了。

不要小看古人常常讲的"国泰民安"这个词语，过去的士大夫文人就是有这个愿望，希望国家昌盛平安，希望老百姓过上好日子。这不是作秀，他们认为这就是自己的一份职责，就要铁肩担道义。想想，当一个人把道义扛在肩上，那是一种什么样的重量，什么样的感觉。特别是在现在这个社会，铁肩已经不行了，要担起那个道义，需要钢肩才行。

"天生我材必有用"，在我理解，就是讲人是为使命而来的。

任何作品，它打动读者的无非是真善美，无非是温暖、崇高和关怀，无非是爱，说得形象一些，就是能够撞击到读者心中最柔软地方的文字。

它首先应该是美的文字。

那么什么是美？争论了几千年，仁者见仁，智者见智。

比较一致的看法是，美是和谐。这是美的通义，应该没错。但我后来发现，和谐强调的还只是形式，是"相"。就像谈恋爱，往往是对方的外表先打动了自己，但是漂亮而不善良，还是经不起时间的考验。

追溯到善，就觉得比和谐进了一步，但还是不究竟。后来读典，每当读到一种永恒的感动和喜悦在心里发生的时候，蓦然觉得"真"才是最美的，因为"真"是归途，是生命的原点。

由此就可以区分一流作家与二流作家。

一流作家占领的是原点，他给人的是从心灵原点流淌出的清泉，他启迪的也是读者的原点。而二流作家只能摩擦心的表皮，甚至连表皮都触不到，他可能会把人挠得痒痒的，但不解决问题，读完后生活还是老样，涛声依旧，这是一种文学搔痒，浇花没有浇根。一流作家和二流作家之间的区别就在这里。

二流作家是在玩文字游戏，建文字迷宫，看上去是在追求和谐，其实是一种伪和谐，他连"善"那一层都没有达到，怎么可能达到"真"那一层呢？这种文字注定不能传世，即便擦出火花来，也注定是短命的，因为火花毕竟是火花，不是火炬，不是夜明珠，不是金子，没办法长久保持它的生命力。

"真"随着时代的变化需要不同的文化载体，这就是为什么老子和孔子会诞生在中国，释迦牟尼要出生在印度，他们是奔着特定的因缘去的，奔着他们特定的土壤去的。如果我们把他们看成是种子，他们是在寻找属于他们的那一块土壤。但是他们的目的一致，都是为了演说那一个字：真。

通常情况下，它以爱体现。

一个正直的文化人应该向这个世界发出正直的声音，那就是爱，没有区别的爱。

我特别喜欢"众生"这个词。在古人看来，不但人是一个共同体，动物也被纳入到这个共同体中，统一叫生物，叫"众生"，叫"有情"。

在古人看来，所有的生物，包括一草一木，和我们都是平等的。带着这样一种心态去面对世界，心里就会充满快乐，因为满眼都是我们的父母兄长，都是我们的兄弟姐妹，如此，我们就不会在大地上看到一只小羊羔的时候把它视为盘中餐，在天空中看到一只大雁的时候把它视为碗里羹。

让所有人都成为自己的利润对象，事实上已经成为现代伦理。当我们制定一个商业政策，或者营销方案的时候，我们是不是把对方看成我们猎取的对象？我们有没有想过我们的这一个商业计划、写作计划是为了满足对方，是为了关爱对方？很少。我们都想着如何把对方据为己有，把对方腰包里的东西据为己有，把对方的心灵据为己有，却很少想过把我们的光明辐射出去，用我们手中的蜡烛去点燃别人。

这是一个掠夺逻辑，因此，大家都活在焦虑之中、不安之中，没有幸福感，没有快乐感，没有安全感，这是因为大前提是错误的，大方向是错误的。

古训"求之不得"告诉我们，以一种欲望的心态向大自然和本体世界去索取的时候，它不给予，因为它知道这种需求是物质的，不是本源的。

由上可知，天堂就在我们的心里，只不过我们已经迷失了它，我们已经找不到通往天堂的路。

如此看来，文化是道路，是方向。文学亦然。

课堂练习

(一)理解与思考

1.文中提到文学要向太阳学习，结合文章内容，分析文学和太阳之间的相似之处，以及这对作家履行使命有怎样的启示？

2.为什么说一流作家占领的是原点，二流作家只能摩擦心的表皮？从文章观点来看，一流作家的作品在内容和价值上与二流作家有哪些本质区别？

(二)探讨与分析

1.在当今消费文化盛行的时代，许多文学作品为了迎合市场，过度追求娱乐性和商业价值。

分析如何引导学生在这种环境下，保持对真正具有文学价值作品的追求，识别出那些能体现"真""善""美"，完成文学使命的作品？

2.如今，网络文学发展迅速，其中一些作品存在内容低俗、价值观扭曲等问题。结合文章中关于文学使命的观点，探讨如何加强对网络文学创作的规范和引导，促使网络文学作家肩负起文学使命，创作出更多积极健康、富有内涵的作品？

(三)一周践行记录作业

"文学与心灵成长"实践周：在接下来的一周内，开展"文学与心灵成长"实践活动。每天设定一个与文学、心灵成长相关的实践目标，并记录实践过程和感受。

日期	践行任务	记录内容
第一天	践行"寻找文学因缘"，去学校图书馆或书店，随意挑选一本自己从未接触过但感觉有吸引力的文学作品。	在当天阅读一部分内容，记录下阅读过程中的感受，包括对作品风格、主题的初步印象，以及是否感觉与这部作品有"缘分"，思考这种缘分可能体现在哪些方面。

日期	践行任务	记录内容
第二天	践行"随缘生活"，在学习安排上，根据自己当天的精神状态和学习效率，合理调整学习计划，避免强行按照原计划进行导致疲惫或效果不佳。例如，如果感觉状态好，可多学习一些较难的课程内容；如果状态一般，就选择复习或阅读一些轻松的学习资料。	记录下当天调整学习计划后的学习体验和成果，分析随缘安排学习对提高学习效果和保持良好心态的作用。
第三天	践行"文学清洗心灵"，选择一篇经典的文学作品，进行深入阅读，在阅读过程中，认真思考作品所传达的思想和情感，尝试将自己代入作品情境，感受作品对心灵的触动。	阅读结束后，写下自己的感悟，分析作品是如何帮助自己清洗心灵灰尘，引发对生活、人性等方面新思考的。

日期	践行任务	记录内容
第四天	践行"文学创作的神圣感",尝试进行一次文学创作,如写一首诗、一篇散文或短篇小说。在创作过程中,摒弃功利心态,专注于表达自己内心真实的情感和想法,体会创作过程中的神圣感。	完成创作后,记录下创作的思路和在创作过程中的心态变化,思考这种带着神圣感的创作与平时为了完成任务而进行的创作有何不同。
第五天	践行"传播文学之美",将自己前几天阅读到的优秀文学作品推荐给身边的同学或朋友,向他们介绍作品的精彩之处和对自己的影响。	记录分享会的过程和大家的反馈,分析传播文学作品对促进文学交流和让更多人感受文学魅力的意义。
第六天	践行"生活中的真善美",在一天的生活中,留意身边发生的各种事情,寻找那些体现真善美的瞬间,如同学之间的互相帮助、陌生人的一个善意微笑等。	将这些瞬间记录下来,并思考如何用文学的方式,如写一段文字描述或创作一个小故事,来展现这些生活中的美好,分析文学与生活中真善美的紧密联系。

日期	践行任务	记录内容
第七天	回顾这一周的实践活动,总结自己在文学与心灵成长方面的收获和体会,思考如何将这些实践经验融入到未来的日常生活中,持续通过文学滋养心灵,追求真善美的境界。撰写一篇总结报告,分享自己在实践周中的成长和感悟,包括对文学与读者因缘的新认识、在随缘生活和文学创作中获得的体验、传播文学之美和发现生活中真善美的收获,以及这些实践对自己的阅读习惯、创作态度和生活观念产生的积极变化。	

课后心得感悟

_____

_____

_____

3. 归于大同

——洞察传统智慧与现代价值抉择的通途

一次演讲时，有学生给我递条子，问怎么样才能获得好运气。我说，只要你是一个吉祥的人，就会时时刻刻在如意里，这是一个天然的关系，也是一个必然的关系。

古人的逻辑是，积善之家必有余庆，积恶之家必有余殃。就是说家族也好，人也好，只要从善，肯定有好的结果。

什么叫好运气呢？好运气就是在为别人着想、为这个群体着想时自然开出的花，好运气是爱的副产品。财富是从哪来的呢？好多人以为到庙里面去烧一炷高香，就能发财。不是的。如果这条路线能够走通，那庙里面的神也不是神了，不值得我们尊重了。

财富到底是从什么地方来的呢？

古人的逻辑其实很简单，就是种瓜得瓜，种豆得豆，我把它称作"瓜豆原理"。现代人的逻辑呢？种豆得瓜。

这是一种投机逻辑。股票和彩票的逻辑就是一种投机逻辑，每一个人都想通过注入两元钱赚得一百万，而财富的总量就是那么一块，但每个人都想以少换多，不是投机逻辑是什么？所以，美国要爆发次贷危机是必然的，是迟早的，是不奇怪的，它是这个逻辑之树结出来的必然恶果。

原本财富就这么多，它不会因竞争技术的提高而使总量增加。

发展越快，消耗就越快，塌陷来得也越快。

当年孟子见梁惠王。梁惠王说，老先生，您不远千里而来，将有什么有利于我的国家吗？孟子回答道，大王，您为什么一定要言利呢？只要有仁义就够了……上上下下互相争夺利益，那国家就危险了。在拥有万辆兵车的国家，杀掉国君的，必定是拥有千辆兵车的大夫；在拥有千辆兵车的国家，杀掉国君的，必定是拥有百辆兵车的大夫。在拥有万辆兵车的国家里，这些大夫拥有千辆兵车，所得不算是不多了；在拥有千辆兵车的国家里，这些大夫拥有百辆兵车，所得不算是不多了。而如果轻义而重利，他们不夺取国君的地位和利益是绝对不会满足的。但没有讲仁的人会遗弃自己父母的，没有行义的人会不顾自己君主的。大王只要讲仁义就行了，何必谈利呢？

孟子已经意识到上下交相征利的时候，就是国家要灭亡的时候，因为争利的结果是公义的丧失。现代社会不但是一个争利的社会，还是一个刺激争利的社会。而争利的结果是毁灭。

中国古老的逻辑讲"合"，字面看是"一人一口"，有锅大的一块是一人一口，有碗大的一块也是一人一口，不要全给你或者全给他，这就是大同啊！

这又回到价值取向的问题了。

道家的无为并不是消极不做事。无为是什么意思？无为就是不要为欲望去做事，不要为感官去做事，无为就是我们刚才谈到的"舍得"。

舍掉那种短暂的形而下的东西，而去证得永恒，这叫无为。就像一个杯子，要让它装水，就必须空着，这叫无为；把物质占领的空间空出来，让灵魂得以滋养自在，这叫无为。

现在有些父母不敢让小孩去看老庄哲学，认为会让人消极，那是没有读懂老庄。有些人甚至不敢给自己的小孩提禅宗提佛学，认为那也是消极，这也是一个天大的误会。

大乘佛教是和儒家哲学一脉相承的，打个比方，就是我们常说的全心全意为人民服务，只有如此，才能大成就。它消极吗？

当每一个学子都带着一种为大家服务的心态去学习的时候，那种动力，还需要父母督促吗？还需要老师督促吗？不需要了，他已经把学习变成一种快乐了。他会把"苦其心志"作为乐途，为什么呢？"天将降大任于斯人也"。

现在，有不少老师一上讲台就跟学生讲，你们要好好学习，将来才能买到大房子，才能找到漂亮媳妇，才能过好日子。这种教育的方向令人担忧。

我们现在给孩子提供了太多反常识的东西，这样教育出来的孩子，不懂得如何去表达自己的一份孝敬，不懂得如何去表达自己对于师道尊严的一份理解，更别说对世界、对宇宙了。

课堂练习

(一)理解与思考

1.文中提到好运气是爱的副产品，结合文章内容，分析为什么会有这样的观点，以及它与古人"积善之家必有余庆"的逻辑关系是怎样的？

2.解释现代社会的投机逻辑"种豆得瓜"，与古人"瓜豆原理"的种瓜得瓜、种豆得豆相比，有何不同？这种投机逻辑可能会带来哪些后果，从文章中找出依据进行阐述。

（二）探讨与分析

1.在现实生活中，很多人热衷于追求财富和成功，却常常陷入焦虑和迷茫。从文章观点出发，分析应该如何树立正确的财富观和成功观，避免陷入现代社会的投机逻辑，通过合理的方式追求幸福和好运？

2.如今，一些影视作品、广告宣传等不断强化物质享受和个人利益至上的观念，对学生的价值观产生了一定影响。结合文章中关于价值取向的观点，探讨如何在多元文化环境中，识别并抵制不良价值观的侵蚀，树立积极健康、符合"大同"理念的价值取向？

课后心得感悟

_____

_____

_____

4. 止于至善

——解锁文学、自然与心灵至善境界的密码

我们应该重新打量"敬畏"这个词。现在的不少决策者、不少开发商，面对自然时心里可能没有这个概念，只想着经济指标，没有想到如果把地球比作一个人，我们已经快要抽干他的血，快要吃完他的肉，正在敲骨吸髓了。

一些科学家预测，如果按照目前这个速度发展下去，地球还能不能让人类生存都值得思考。那我们的子孙后代怎么办，搬到其他星球去住吗？

这几年我写传统节日比较多，因为节日是中国古人的非常经典的一种天人合一的方式，一种回到岁月和大地的方式。不然，我们虽然在大地上生存，但是已经忽略了大地；我们虽然在岁月之河中穿梭，但是已经忽略了岁月。

恰恰是给了我们生命以保障的东西，我们反而忽略

了它，比如水、空气、阳光、时间、空间，还有爱。

我们可能满眼都是别墅，都是高楼大厦，却看不到空气，看不到阳光，看不到水，更看不到时间和空间，还有爱。

就是说，最有恩于我们的东西，我们倒对它熟视无睹，这是我们现代人最要命的一个缺失。

而传统节日事实上就是以一种强迫的方式让我们面对土地，面对岁月，感谢后土，感谢造化，珍惜资源，珍惜恩情。

造化创造了万物，或者说万物都是她创造的，那么万物都是她的孩子。所以，古人讲，大地无言，万物生长，日月无语，昼夜放光。如果我们有足够的细心去打量，就会发现大地真是太伟大了，她生长鲜花、生长庄稼、生长快乐，同时她也承载污秽、承载坏苦、承载灾难，我们每天把多少脏东西给她，但她没有怨言，从来没有说要选择哪一部分，拒绝哪一部分，而是全然接受，她表达的是一种平等，一种无分别。

想想她的这种无言，她的这种大爱！

如果我们读懂了大地，就明白了什么叫爱，什么叫善，什么叫美。日月也一样，也没有根据自己的好恶去选择照耀哪一个人。

借用一个古词，就是"无缘大慈"。在我理解，这是中国文化的根本背景，也是中华民族的根本美德。

中国古人有一个词叫"给予"，用现在的话说就是奉献于对方，这个奉献有物质的，也有精神的。

作家应该带着一种给予的心态去写作，这个给予不是给读者一块金或银，而是给他一个火种，给他一杯水，让他那一颗明珠恢复到本来面目，让他本有的心灵明珠焕发出光彩，这也就是感动发生的所在。

就像一只困在笼子里面的鸟，当别人帮它打开笼门的时候，当它在天空翱翔的时候，感动发生了吗？肯定发生了。所以说，文字是一条回家的路，更为准确些说，从"真"那里来的文字是一条回家的路。

从这个意义上来讲，文字不但是一条回家的路，也是打开自己的一个方式，一串串钥匙。

一个被捆绑的人是没办法自己打开自己的，必须有一个第三者去打开。几千年流传下来的古圣先贤的教诲，那些经典，其实就是一串又一串的钥匙。

在我看来，现在不是文学已经死亡了，文化已经衰落了，是我们文化人自己把自己的行情搞坏了。因为每个人都有心灵中所缺失的那一块，作为作家，只要我们能满足他的缺失，能够填充那一块缺失，文学就不会死亡。

只要人存在，文学就会存在。

我们为什么要悲观呢？

我们之所以悲观，是因为找不到读者心中缺失的是哪一块东西，因而没有自信。当真正懂得了读者心中的缺失所在，随着人口的增加，文学应该是与之成正比例发展的。而事实是，现在文学有点不景气，作家应该从自身去找原因。

期待把弄反的文学正过来。

课堂练习

(一)思考与理解

1.文中指出现在不少决策者和开发商缺乏"敬畏"之心，结合文章内容，分析这种现象对地球和人类未来的影响，以及我们应如何重拾"敬畏"？

2.解释传统节日在帮助人们回归自然、感恩造化方面的作用，从文章观点来看，传统节日是怎样引导人们珍惜资源和恩情的？

(二)探讨与分析

1.在现代社会，人们往往追求快速发展和物质享受，对自然和传统的敬畏逐渐缺失。分析在日常生活中可以采取哪些具体行动，培养自己对自然、传统的敬畏之心，如在校园环保行动、文化传承活动等方面给出建议？

2.如今，网络文学、快餐文化盛行，部分文学作品质量参差不齐，难以给读者带来精神滋养。结合文章中关于文学应具有"给予"精神的观点，探讨如何引导学生在海量的文学作品中筛选出有价值的作品，提升自身的文学素养和精神境界，同时促进文学市场的健康发展？

3.从社会进步和个人成长的角度，分析校园教育在培养学生"止于至善"理念方面的重要性。可以通过哪些课程设置、校园文化建设或社会实践活动，引导学生理解并践行"止于至善"，如培养学生的社会责任感、奉献精神等，使其成为对社会有积极贡献的人才？

(三)一周践行记录作业

"价值与行动"实践周：在接下来的一周内，开展"价值与行动"实践活动。每天设定一个与正确价值观践行相关的实践目标，并记录实践过程和感受。

日期	践行任务	记录内容
第一天	践行"为他人着想",在宿舍生活中,主动关心室友的需求,比如帮忙整理物品、倾听他们的烦恼并给予建议等。	记录下室友的反应和自己在帮助他人过程中的内心感受,思考这种为他人着想的行为对宿舍关系和自身心态的积极影响。
第二天	践行"拒绝投机",在学习上,认真对待每一个知识点,不试图通过作弊或走捷径来获取好成绩。在当天的作业或复习中,专注于扎实掌握知识。	记录下自己在学习过程中的专注度和对知识的理解程度,分析拒绝投机行为对学习效果和个人成长的重要性。
第三天	践行"平等对待他人",在与同学交流时,不论对方的家庭背景、学习成绩如何,都以平等、尊重的态度对待。参与一次小组讨论,在讨论中积极倾听不同同学的意见,不轻视或贬低任何一种观点。	记录下讨论过程中自己的表现和与同学之间的互动情况,思考平等对待他人对团队合作和人际关系的促进作用。

日期	践行任务	记录内容
第四天	践行"体验传统节日",选择一个传统节日(如清明节、端午节等),深入了解其背后的文化内涵和传统习俗。在当天,按照传统习俗进行相应的活动,如清明节祭扫、端午节包粽子等。	记录下自己在体验过程中的感悟,包括对传统节日所传达的珍惜资源、感恩等理念的理解,以及对传统文化的新认识。
第五天	践行"敬畏自然",利用课余时间去校园或附近的公园,观察自然景观,感受自然的美好。在观察过程中,注意保护环境,不随意丢弃垃圾,不破坏花草树木。	记录下在自然中的体验和对自然的敬畏之情,思考自己在日常生活中还可以通过哪些方式践行对自然的敬畏。
第六天	践行"给予心态",如果自己有擅长的知识或技能,如某种乐器演奏、学科知识讲解等,主动与他人分享,帮助他人提升。可以在宿舍或班级中组织一次小型的分享会。	记录下分享过程中他人的收获和自己的成就感,分析以给予心态帮助他人对自身和他人的积极影响。

日期	践行任务	记录内容
第七天	回顾这一周的实践活动,总结自己在践行正确价值观过程中的收获和体会,思考如何将这些实践经验融入到未来的日常生活中,持续保持积极健康的价值观。撰写一篇总结报告,分享自己在实践周中的成长和感悟,包括对不同价值观的深刻理解、在实践中遇到的困难和解决方法,以及这些实践对自己行为习惯、人际关系和社会责任感产生的积极变化。	

课后心得感悟

_____

_____

_____

5. 流自源头的美

——探寻安详之美的奥秘与践行

疾病来自对安详的缺失，或者说是安详的短路。

安详不在现场，就像一个人灵魂一旦离开，身体就要开始腐烂。

安详是健康的灵魂。

安详不但能够使自己健康，使自己灿烂，更能使他人健康，使他人灿烂。

因为安详会传染。

有研究结果显示，人的恐惧情绪能够散发出气味并且为他人所感知。恐惧和焦虑会促使身体分泌特定的化学物质，而且其他人在闻到这种气味后，能对这种恐惧或者焦虑感同身受，产生"移情"。

德国杜塞尔多夫大学的贝蒂娜·波塞博士和同事做了这样一个实验：他们邀请四十九名学生志愿者，让他们在参加大学口语考试前在腋下夹脱脂棉垫，收集考试期间分泌的汗液；以同样方法收集四十九名学生平时骑自行车锻炼时所流的汗液。随后，研究团队请另外二十八名志愿者嗅闻这两种棉垫，同时借助核磁共振成像技术分析他们的脑部活动。大脑扫描发现，当志愿者闻到"恐慌汗"时，大脑中掌管情感和社交信号的区域活跃程度比他们闻"锻炼汗"时要高得多，而且与"移情"相关的部分区域也受到了影响。

可见，群体中若有人恐惧，他释放出的恐惧气味，能导致这群人出现不同程度的恐惧情绪。

近年，科学家们发现，来自焦虑者身上的气味可以激发其他人的脑部相关恐惧区域的反应。

美国莱斯大学心理学家丹尼斯·陈1999年进行的试验似乎更能说明问题：让一组志愿者嗅闻看过恐怖电影和喜剧电影的人的汗水，超过半数的人可分辨出哪些是看了恐怖电影的，参与者称，看了恐怖电影的人的汗水气味更强烈，更难闻。

如果这些实验的结果没有刚好都是错的，那么我们可知，不单单病毒会成为传染源，焦虑也会成为传染源，恐惧也会成为传染源。

如此，安详也可以成为"传染源"。

如果全人类都成为一个安详的"传染源"，这个世界该是一个什么样子？

其实这个道理老祖先早就发现了，他们讲"境由心造"，病也由心造；他们还讲"一人得道，鸡犬升天"，在我看来，就是一人获得安详，全家都跟着沾光，周围的人都跟着沾光。

那么，当世界上的每一个人都"得道"呢？

安详本身是大美，因为美在源头，而安详则是从心灵源头流出的清泉。

为什么有那么多学生愿意终生追随孔子？有许多许多答案，在我看来，最重要的，应该是孔子获得了安详，他的身上有一种安详之美，有一种来自安详的磁力。

一个安详的人，不需要丹青渲染，不需要起承转合。他坐在那里，本身就是美了，就是一台让人百看不厌的大戏了，就是一本让人百读不厌的大著了。

真是，他静静地坐在那里，什么也不说，只要他看一眼，我们就进入了爱。

课堂练习

（一）理解与思考

1.怎样从身心关联层面，深入领会"疾病源自安详缺失，安详是健康灵魂"这一观点？尝试结合自身经历，阐述安详对个人健康的关键意义。

2.文中基于恐惧、焦虑能传染的实验，类比得出安详也可传染。从逻辑上看，恐惧与安详虽都是情绪范畴，但本质不同，传染方式和效果是否也存在差异？在实际生活中，回想当你处于一个充满欢声笑语、氛围祥和的聚会与一个争吵不断、充满紧张气氛的场合时，你的情绪分别是如何被影响的？思考安详情绪的传播是否需要特定的环境或行为作为媒介。

(二)探讨与分析

1.以孔子为例，剖析安详之美在塑造个人魅力以及对人际关系产生影响方面的作用。思考在校园社交场景中，拥有安详特质的人是否更易获得他人喜爱，分析背后的原因。

2.假设全人类都成为安详的"传染源"，世界将会呈现何种面貌。思考为达成这一理想状态，个人在日常生活中以及社会在制度、文化等层面需要付出哪些努力。

3.分析在当下快节奏、高压力且充满竞争与诱惑的社会环境里，我们在保持内心安详时面临的主

要阻碍有哪些。共同探讨能够克服这些困难的有效
策略。

课后心得感悟

_____

_____

_____

6. 活在当下

——开启当下生活的喜悦之门

日月是喜悦的，那是因为它对大地的爱。

大地是喜悦的，那是因为它对万物的爱。

爱是奉献的代名词。

那么奉献就是喜悦的代名词。

如果一个人没有品尝过奉献的喜悦，那他等于没有品尝过生命。

奉献差不多是进入喜悦的唯一途径。

而回到当下，回到本分，就是最大的奉献。

回到当下意味着首先点亮自己手中的蜡烛，而一个人只有首先点亮自己，才能点亮别人。

回到当下意味着首先让自己手中的这份工作获得圆满，当每一个人手中的工作都获得圆满的时候，世界该是一个什么样子？

回到当下意味着放弃争夺，意味着给别人一份安全。若世界上所有的人都回到当下，请问，还会有掠夺，还会有战争吗？

这个社会之所以纷乱、动荡、多事，就是因为太多的人没有回到当下。

终日寻春不见春，芒鞋踏破岭头云。
归来偶把梅花嗅，春在枝头已十分。

这是唐代一位比丘尼的诗作。

"终日寻春""芒鞋踏破岭头云"，这不正是现代人的生活写照吗？

可结果却是"不见春"。

就在人们"归来"时，却发现"春在枝头"，而且"已十分"。就是说，"一分"至"九分"我们已经错过。梅花并不因为主人浪迹天涯就不盛开。

这首诗告诉我们，生命本身就是一个勃勃生机，可是我们却每每错过。

这首诗告诉我们，春色就在家里，就在最近的地方，可是我们却偏偏要向外去求。

这首诗告诉我们，永恒幸福不是向外能够找得到的。

从喜欢并享受当下的生活进入喜悦，从喜欢并享受当下的工作进入喜悦，从喜欢并享受当下的家庭进入喜悦，从喜欢并享受当下的团队进入喜悦……

不要分别，不要觊觎，不要好高骛远，因为喜悦不在工种中，不在贵贱中，不在高低中，不在早晚中。

喜悦不喜欢分别，喜悦是平常心开出的花。

喜悦来自全然地接受生活。

全然，绝不挑肥拣瘦，绝不厚此薄彼。

因为不挑肥拣瘦，我们的目光是通畅的，我们的心灵是通畅的，喜悦随之得以通畅。

当我们挑拣时，喜悦短路了，这时心灵被挑和拣占着，而挑和拣是没有止境的。跟着它，我们会一直找不到尽头，会走失，会找不到回家的路。

世界上最大的痛苦就是选择，就是挑肥拣瘦。

阳光不挑肥拣瘦，因此阳光永恒。

大地不挑肥拣瘦，因此大地永恒。

没有哪个父亲会因为大儿子个子高就喜欢他，因为二儿子个子矮就不喜欢他。

没有哪个母亲会因为大女儿漂亮就爱她，因为二女儿不漂亮就不爱她。

因为爱是平等的。

爱是最大的喜悦。

从今天开始，从现在开始，试着对我们当下的工作、当下的环境、眼前的人、眼前的事，包括一杯茶、一页纸、一支笔，连同一枚图钉、一个螺帽，真诚地说一声"我喜欢你"，体会一下发生在我们心间的感觉，然后不断地积累这种感觉，再细心地打量你的人生，看有什么变化。

课堂练习

（一）理解与思考

1.文章指出奉献是进入喜悦的关键途径，结合自身经历，回想是否有过为他人或集体无私付出的时刻，当时内心的感受如何。思考为何奉献能带来喜悦，从心理学角度分析，这种喜悦可能源于自我价值的实现、社会认同的获得等因素。进一步反思，若在生活中从未有过奉献带来的喜悦体验，原因是什么，对个人的生命认知和生活态度会产生怎样的影响。

2.分析"回到当下"与"奉献"之间的紧密联系，思考在日常学习生活中，如何通过专注当下的任务，如认真听讲、积极参与小组讨论等，来实现奉献。设想当世界上所有人都专注当下，放弃争夺时，社会会发生哪些积极变化，从资源分配、人际关系、社会秩序等方面进行探讨。对比现实社会的纷乱，思考个体不专注当下的行为对社会产生负面影响的具体表现和根源。

3.以"终日寻春不见春，芒鞋踏破岭头云。归来偶把梅花嗅，春在枝头已十分"这首诗为切入点，结合自身生活经历，思考现代人在追求成功、幸福等目标时，是否也像诗中描述的那样，盲目向外追寻，却忽略了身边的美好。分析生命中那些被我们错过的"春色"，即本应珍惜的当下时刻和身边事物，思考如何转变心态，发现并珍惜眼前的幸福，从哲学角度探讨幸福的本质以及获得幸福的正确方式。

(二)探讨与分析

1.分析喜悦产生的条件，结合文章中"喜悦不喜欢分别，喜悦是平常心开出的花"这一观点，在生活中，面对不同学科的学习压力、多样的社交场景以及各种社团活动，如何保持平常心，不被外界的评价、成绩的高低等因素所左右,从而获得喜悦。探讨分别心(如对学科的偏好、对同学的偏见等)是如何阻碍我们体验喜悦的,思考如何培养一颗平等对待万物的平常心,以提升生活中的幸福感。

2.探讨在现实生活中,人们往往会对生活中的各种事物进行挑拣,如选择舒适的工作环境、追求高品质的生活条件等。分析这种挑拣行为在一定程度上带来的弊端,如导致内心的不满足、焦虑等负面情绪。结合文章中"世界上最大的痛苦就是选择,就是挑肥拣瘦"的观点,分析在个人的消费观念、职业规划、恋爱关系等方面,如何践行"全然接受生活"的理念,避免过度挑拣,以实现内心的通畅和喜悦。例如,在选择职业时,如何综合考虑自身兴趣、能力和社会需求,而不是仅仅看重薪资待遇和工作地点。

3.分析文章中所提及的阳光、大地、父母之爱的平等性,将其类比到学生的人际关系中,如同学关系、师生关系、朋友关系等。探讨在这些关系中,平等的爱如何促进良好沟通、增强彼此信任、营造和谐氛围。思考在实际生活中,我们是否存在因他人的外貌、性格、家庭背景等因素而区别对待的情况，这种不平等的态度对人际关系产生了怎样的破坏作用。通过讨论，总结在人际交往中践行平等之爱的具体方法和重要意义，提升我们的人际交往能力和情感认知水平。

(三)一周践行记录作业

践行周主题：追寻内心的安详与当下的喜悦。

日期	践行任务	记录内容
第一天	觉察自身情绪状态。每隔2小时，停下手中正在做的事情，花3分钟时间专注地感受自己当下的情绪。	记录情绪是平静、焦虑、兴奋还是其他状态，并简单描述引发该情绪的事件或想法。比如："10点，情绪有些焦虑，因为想到即将到来的考试，还有很多知识点没复习。"
第二天	传播安详的微笑。在校园里，主动向至少10位陌生人微笑，并观察对方的反应。每次微笑时，在心里默默传递安详与善意。	记录下有多少人回以微笑，以及自己在这个过程中的内心感受。例如："向一位在图书馆学习的同学微笑，他愣了一下后也微笑回应，那一刻我感觉心里暖暖的。"

日期	践行任务	记录内容
第三天	专注当下的学习任务。选择一门课程的学习任务,如阅读一篇专业文献或完成一道复杂的数学题。在进行任务时,排除一切杂念,将全部注意力集中在手头的事情上。当思绪飘走时,轻轻地将它拉回到当下的学习。	任务完成后,写下专注过程中的困难以及完成任务后的成就感和对"回到当下"的体会。比如:"在做英语阅读时,一开始很难集中注意力,老是想着晚上要和朋友出去玩。但不断提醒自己后,慢慢沉浸其中,完成后发现理解得更透彻了,对当下专注的力量有了新认识。"
第四天	体验奉献的快乐。主动为身边的人做一件力所能及的小事,如帮同学打水、为室友整理房间等。在做这件事时,不要期待任何回报,纯粹享受帮助他人的过程。事情完成后,与对方交流感受,	记录下自己内心因为奉献而产生的情绪变化。例如:"帮同学搬了重物,他很感激,而我发现自己一整天心情都格外好,体会到了奉献带来的喜悦。"

日期	践行任务	记录内容
第五天	接受生活的不完美。当遇到一件不如意的事情时，比如食堂饭菜不合口味、上课被老师批评等，不要抱怨或沮丧，而是尝试全然接受这个事实。告诉自己这也是生活的一部分，然后思考从这件事情中可以学到什么。	记录下事情的经过、自己接受的过程以及获得的感悟。比如："今天上课回答问题错了被老师指出，一开始很尴尬，但马上告诉自己这是学习的机会，后来发现从错误中学到了新的知识，心态也平和了许多。"
第六天	平等对待身边的人。在与同学、朋友相处时，刻意关注自己是否存在因对方成绩、外貌、家庭背景等因素而产生的区别对待。当意识到有这种倾向时，立刻调整心态，以平等、友善的态度对待每一个人。观察对方的反应，以及这种平等态度对彼此关系的影响。	记录"之前对成绩不太好的同学有些疏远，今天主动和他交流，发现他在其他方面很有想法，我们聊得很愉快，关系也拉近了。"

日期	践行任务	记录内容
第七天	回顾前六天的践行经历，总结自己在追寻内心安详与当下喜悦过程中的收获与体会。包括对安详如何影响个人健康、情绪传播方式、奉献的意义、活在当下的重要性、平等之爱等方面的新认识。分析自己在践行过程中遇到的困难以及是如何克服的。同时，思考这些践行对自己未来的生活、学习和人际交往将产生怎样的持续影响，制定后续继续保持这些良好行为习惯和心态的计划。报告字数不少于500字。	

课后心得感悟

_____

_____

_____

第五章　在生活中应用安详

当一个人以执玉的姿态守身行事，他的人生还能不精彩，事业还能不顺遂吗？

最大的危险是一个人的放浪，所有的失败者都是被自己心中的浪头打翻的。

安详既能让富者贵，亦能让贫者尊。

当一个人内心存有安详，仅仅从一餐一饮、半丝半缕中，就可以感受到世界上最大的幸福。否则，即使他拥有世界，也可能和幸福无缘。

对于生命来说，安详既是目的，又是方向。

让我们一同在安详中获得生命的尊严和幸福。

1. 经典的爱情

——以择偶标准探寻为人之道，传承中华美德

曾有女作者来找我，说她遇到了人生难题，有两个条件不相上下的男孩追求她，让她难以取舍，问我如何是好。

我说这好办，你去调查，谁最孝敬老人你就选择谁，肯定没错。

女作者十分意外地看着我，问，为什么呢？

我没有直接回答她，先给她讲了两则故事：

某医学院外科实习基地进行解剖课实验，从市场买进十条狗，其中九条一次性完成了麻醉，可是有一条无论如何无法完成麻醉，多大剂量的麻醉药都无济于事。最后，指导大夫只得让实习生强行把这条狗绑在手术架上。当手术刀从这条狗的腹部划过时，大家都惊呆了，原来它正怀着小狗。

一架飞机在飞过茫茫雪原时失事了，一对母子幸免

于难，但因为是茫茫雪原，搜救的飞机无法找到目标，做母亲的眼看着飞机一次次从头顶飞过，就是发现不了他们。这时，这位母亲做出了一个决定，她咬破血管，让鲜血染红了身边的雪层，让飞机得以发现目标，让她的孩子得以获救。

我们当然不希望这样的故事发生，但我们每个人可能都体会过同样品质的母爱、父爱。

有人说，上帝忙不过来，就创造了母亲。对于我们来说，母亲就是我们的上帝，她的身上蕴含着上帝的情感和品质。

想想看，一个连母亲都不爱的人，怎么可能爱你一生呢？一个连自己父母都不孝敬的人，怎么会爱你一辈子呢？

这位女作者说这倒是个好办法，就去调查。

课堂练习

(一)理解与思考

孝道和感恩是中华民族的传统美德，在择偶过程中，这两个因素的重要性不容忽视。从上述故事及建议中，我们能体会到，一个人对父母的态度往往反映出其内心深处的情感特质和道德观念。父母是每个人生命中最重要的人,给予了我们生命和无私的爱。若一个人对给予自己这般深厚恩情的父母都不能尽孝感恩,很难想象他能在恋爱关系中始终如一地关爱、呵护伴侣。

(二)探讨与分析

1.一个人对父母的孝敬和感恩,在多大程度上反映了他整体的道德品质和价值观?这种道德品质和价值观又如何影响他在恋爱关系中的表现?比如,一个在家庭中懂得感恩父母付出、悉心照顾老人的人,是否更有可能在恋爱中对伴侣体贴入微、有责任心?

2.在未来组建家庭后,夫妻双方对老人的孝道态度,会如何影响整个家庭的氛围和关系?如果一方不孝敬老人,可能会引发哪些家庭矛盾,进而对夫妻感情造成怎样的冲击?

3.对于有生育计划的情侣来说,父母对老人的孝道示范,对下一代的成长和价值观塑造有何重要意义?从长远来看,这对家庭的传承和延续会产生怎样的积极作用?

课后心得感悟

_____

_____

_____

过了段时间，女作者又来找我，说两个男孩都非常孝敬老人，还有什么好办法吗？我说你再去调查，看谁最尊敬师长，你就选择谁。她同样十分意外地看着我，问，为什么呢？

我就问她过去把老师叫什么？她说叫"shīfu"。我问她怎么写。她写成"师傅"。我说错了，应该是"师父"。我说造这个词的人真是太伟大了，他告诉我们，亲生父母给我们血肉之躯，老师给我们智慧之躯，都是"父母"。一个连给自己智慧之躯的老师都不尊敬的人，能和你举案齐眉地过日子吗？

同样给她讲了几则故事：

宋朝理学家杨时从小聪明伶俐，四岁入村学，七岁写诗，八岁作赋，人称神童。有一天，杨时与他的学友游酢因对某问题持不同看法，便一同前往老师程颐家请教。时值隆冬，天寒地冻，朔风凛凛。二人匆匆赶至老师家时，却发现老师正坐在炉旁打坐养神。二人不敢惊扰，恭恭敬敬侍立门外。等老师醒来，二人已通身披雪，脚下的积雪已一尺多厚了。

丰子恺先生的《护生画集》是怎么来的？初衷是为了给师父弘一法师祝寿。1929年，法师五十寿辰，他画了五十幅护生画给师父祝寿；1939年，法师六十寿辰，他画了六十幅护生画给师父祝寿；1942年，法师在泉州圆寂，但先生并没有停止对师父的祝福，依然十年一集，每集画幅和师父的冥寿一致，直到他自己去世。1979年，新加坡的广洽法师把六集合在一起，化缘在香港出版，就是现在广为流传的《护生画集》。

每次翻阅这部画集，都会被他们空谷足音似的师徒情谊感动。请问，这样的心灵美景，在哪里还能看到？没有任何功利目的，有的只是纯粹的祝福、纯粹的怀念。

而孔子所体会到的这种来自师生情谊的幸福，更是无出其右了。颜回有多次出仕的机会，但是为了早晚陪伴师父，都一一拒绝了。有次在卫国，师徒被变故冲散，颜回最后才得以回来，孔子心有余悸地说，我以为你已经死了呢！颜回说，先生未死，我岂敢死！多么感人！

在一些学校，当我给学生讲要无条件地尊敬老师时，有学生说，现在的老师不值得我们尊敬。我问为什么。学生说，没有师德，谁的爸爸官大，上课就提问谁；谁的妈妈有钱，就给谁开小灶；还有些老师，上课时不好好讲，留一手，为的是让学生下课后到他们家去补课，赚补课费，等等。我说，老师做得不对，那是他的错误，但是，作为一个学生，尊师应该是无条件的。

曾有好友告诉我，有次上街，看到一个高中生跪在那里化缘，面前是一张告示，大意是考上某大学，却因家境贫寒付不起学费。他觉得挺可怜的，就给了五十块钱，不料后来有人揭发那是个骗子,他就很懊丧。我说,没关系啊,他骗你是他做人的失败,但你在拿出那五十元时,已经完成了一份爱心。

一天晚上,我和一位朋友在办公室聊完天回家时,听到女厕所里的水哗哗响,连着问了两声"有人吗",里面没有人应,就进去关掉水龙头。出来后朋友笑我。我说,听着水这样哗哗地流,心里就难受。朋友说你又何必,大家都在浪费,靠你一个人能给地球节约多少?我说别人怎么做我管不了,但我可以管住我自己,当我把水龙头关上的那一刻,我的内心是快乐的,我已经知足了。在如此顺便的情况下,收获了一份快乐,何乐而不为呢?

尊师也同样,不管老师如何对待我们,但当我们的心中有一个"尊"时,我们的心灵已得到升华,同时也给自己营造了一个良性的智慧场。换句话说,尊师本质上是让我们从内心深处升起一个"敬",升起一个对待智慧海洋的"敬",只有具备了这个姿态,我们内心才能形成一个顺差,智慧的大门才会向我们打开,智慧的甘泉才会流进我们心田。可见,尊师事实上是对未知世界的尊敬,是对智慧世界的尊敬,因为老师是这个智慧世界的代表,或者说是媒介。

更何况,当一个老师处在被尊敬的状态中时,他也会为这份尊敬而严格要求自己的。

寒假,有个亲戚硬把他的儿子送到家里来,让我教他安详；被逼无奈，我就答应了，不想这一答应，麻烦就来了。从此，时时处处都觉得有双眼睛在盯着自己，让你一举手一投足都要做出一副老师的样子来。这才理解了什么叫教学相长。每天看他的改过笔记，发现其中好多都是我也正在犯的，就马上改，偷偷地改。而节日到来，家长按照古制十分真诚地来给"老师"祝节，就更觉得不能辜负了人家，一定要严格要求自己，努力做出一个样子来，才能对得住这份祝福。

由此明白了一个道理：如果说还有一种力量能够改造世界，那就是感动。

同时明白，现在之所以没有经典的老师，可能是因为没有经典的学生。当学生撤去他的那份尊敬时，老师也就收回了他的那份责任。同理，没有经典的学生，是因为没有经典的老师。当老师收回他的那份责任时，学生也就撤去了他的那份尊敬。

一个瓦解师道尊严的恶性循环就这样形成了。

课堂练习

（一）探讨与分析

1.一个人对老师的尊敬和感恩，在很大程度上反映出其个人的品德和价值观？这种品德和价值观在恋爱关系中会有怎样的体现？例如，尊敬老师所展现出的个人恭敬、感恩的品德，是否会让其在恋爱中更能尊重、理解和包容对方？

2.不尊敬师长可能反映出哪些价值观的缺失？这些缺失在恋爱关系中可能引发哪些问题？比如，可能会表现出对他人付出的漠视，在恋爱中难以珍惜伴侣的情感。

3.在未来家庭中，夫妻双方对老师的态度，可能会对子女产生怎样的影响？对家庭文化和教育传承又有何意义？比如，父母尊敬老师，可能会引导子女形成良好的学习态度和价值观。

课后心得感悟

_____

_____

_____

过了段时间，女作者又来找我，说，他们都非常尊敬老师，还是难分伯仲。我说那你就让他们每人请你一顿，看谁点菜恰到好处，谁最后把盘子吃得最干净，你就选择谁。

　　她同样十分意外地看着我，问，为什么呢？

　　我说你想想，一个人一天能离开粮食吗？能离开水吗？没有粮食和水，我们能生存吗？从另一个角度来说，粮食和水也是我们的父母啊！从一个人对待粮食的态度，最能看出他有没有一颗爱惜之心。一颗种子，从播种到收获，其间包含了多少耕耘的辛劳和造化的慈悲。"足蒸暑土气，背灼炎天光。力尽不知热，但惜夏日长"，且不论日月精华，天地灵气，单说耕种者插秧除草，施肥松土，收割打谷，真可谓"粒粒皆辛苦"。一个人如果对维持自己生命、一餐不能相离、饱含着无数辛勤汗水和天地造化的粮食都不能珍惜，有可能珍惜你的感情和付出吗？

　　白居易有感于百姓劳苦贫困，自己无功无德，却能丰衣足食，作诗"今我何功德，曾不事农桑。吏禄三百石，岁晏有余粮。念此私自愧，尽日不能忘"。《朱子家训》告诫后代"一粥一饭，当思来处不易；半丝半缕，恒念物力维艰"，认为珍惜粮食，节约物力，是治家修身之道。古代知识分子每餐前都要念诵"计功多少，量彼来处，忖己德行，全缺应供"，意思是说，这顿饭菜的来处包含着多少造化的慈悲和耕耘的辛劳，想一想我的德行，配享受这些美味吗？

有个年轻人首次去未来的岳父家吃饭。女朋友一家当然盛情款待，做了一桌子的好菜好饭。盛饭时，女朋友把一撮米掉在了地上，却似没事一般，不理不睬，继续盛饭。这个年轻人从小家境贫寒，父母都是农民，掉在地上的饭粒从来都是立马捡起来吃掉的，当然无法忍受一撮米掉在地上，就寻机迅速捡起那撮米喂进嘴里。不料被女朋友看到了，女朋友认为丢了她的人，哼了一声，拂袖而去。这时，未来的岳父发话了，厉声叫住女儿，命其坐下，然后宣布：我们家向来民主，但今天我"专政"一次，这小伙子就是我的女婿，就这么定了。显然，这是一位有智慧的老人。

过了段时间，女作者又来找我，说这两个家伙点菜时都十分切合实际，最后都把盘子吃得十分干净，现在怎么办？我说那你就去考证，谁的父母最大限度地做到了孝敬老人、尊敬师长、珍惜粮食。

至此，我们已经不单单是在择偶了，而是客观地加入到中华文明传承的行列里。如果每个中国人都这样做，就会促使为人父母者不得不做一个好人，否则他的儿子就找不到媳妇，女儿就要做老姑娘。民间之所以信奉"前院的水不往后院流"，就是这个道理。古人讲"门当户对"，也是这个道理。这个"门"，并不一定要是"侯门"，而绝对要是"善门"；这个"对"并不一定要"势对"，而绝对要"淑对"。

一个天意一般的传承的大秘密，居然就在这里藏着；一个天然的自动化的灵魂环保系统，就是如此不动声色地发挥着作用。

据说，当年孔家向颜家求亲，颜父一听是孔家，立即同意了这门亲事。颜母说，女儿的终身大事，怎么能如此草率，也不去考察一下，至少应该见一下当事人。不想颜父说，不用，孔门乃积善之家，不会有错。

颜父的话果然应验，女儿嫁过去就生了一位圣人不说，而且家道两千余年不衰，至今家谱已经记载到七十几代，仍未有衰相。

这是一位多么英明的父亲！

颜父的逻辑是，只要是积善之家，他的儿子肯定不会有错。这是一种怎样的自信！

讲了这么多，概括起来就是三个字、三句话。

三个字是：孝、敬、惜。

不占我们多大的大脑内存，每天起来，就念叨几句"孝、敬、惜"，然后按照它的频率开始一天的生活；晚上睡觉前，再念叨一下"孝、敬、惜"，检查我们是否做到了。不久，我们的人生就会有大的改变。

三句话是：一个不孝顺老人的人，他信誓旦旦地宣称会一生爱你，那是假的。一个不尊敬老师的人，他信誓旦旦地宣称会一生敬你，那是假的。一个不爱惜粮食的人，他信誓旦旦地宣称会一生疼你，那是假的。

课堂练习

（一）理解与思考

1.为什么从一个人对待粮食的态度能看出其是否珍惜感情和付出？粮食与感情之间的内在联系是如何体现的？

2.珍惜粮食、节约物力与治家修身之道有怎样的关联？这种关联如何延伸到择偶情境中？

3.文中提到"孝、敬、惜"是选择伴侣的重要标准，在现实生活中，你是如何通过观察一个人的行为来判断他是否具备"孝、敬、惜"的品质？

（二）探讨与分析的问题

1.不珍惜粮食可能暴露出哪些价值观的缺陷？这些缺陷在恋爱关系中可能引发什么问题？比如，可能会表现出对资源的浪费和不尊重，在恋爱中可能不重视对方的付出。

2.父母及祖辈珍惜粮食、节约的习惯对个人成长有何影响？这种家庭文化在择偶过程中为何重要？例如，家庭中珍惜粮食的传统可能塑造一个人节俭、感恩的性格，这样的人在未来家庭中更可能营造良好的生活氛围。

3.择偶时关注对方家庭对珍惜粮食等观念的传承，对未来家庭文化的构建和延续有什么意义？比如，有助于培养下一代珍惜资源、尊重劳动的意识。

4.每个人在择偶时重视珍惜粮食等品质，对整个社会文明传承有怎样的推动作用？如何形成一种积极的社会价值导向？

(三)一周践行记录作业

"孝、敬、惜"实践周：在接下来的一周内，开展"孝、敬、惜"实践活动。每天设定一个与"孝、敬、惜"相关的实践目标，并记录实践过程和感受。

日期	践行任务	记录内容
第一天	践行"孝",给父母打一个电话,在通话中除了日常交流,认真倾听父母的生活琐事,表达对他们的关心和感恩之情。主动询问父母近期的身体状况和生活需求,承诺为他们做一件力所能及的事情(如为父母购买生活用品、帮助他们解决一个生活难题等)。	记录下通话内容和父母的反应,以及自己在践行"孝"过程中的内心感受。
第二天	践行"敬",在课堂上,认真听讲,积极回答问题,尊重老师的教学成果和辛勤付出。课后,主动与老师交流,请教学习上的问题,表达对老师的敬意。如果有机会,帮助老师整理教学资料或做一些力所能及的教学辅助工作。	记录下与老师交流的过程和老师的反馈,思考在日常学习生活中,还可以通过哪些方式表达对老师的尊敬。
第三天	践行"惜",在食堂就餐时,根据自己的食量合理打饭,避免浪费。用餐结束后,检查餐盘,确保没有剩余食物。如果发现周围有同学存在浪费粮食的现象,以友善的方式提醒他们珍惜粮食。	记录下当天在食堂就餐时自己的行为表现和对珍惜粮食的感悟,以及提醒他人后的效果。

日期	践行任务	记录内容
第四天	再次践行"孝",利用课余时间,为父母手写一封信,详细讲述自己在学校的学习和生活情况,分享自己的成长和收获。在信中,真诚地表达对父母养育之恩的感激之情,以及自己对未来如何孝顺父母的规划。	将信寄出后,记录下写信时的心情和对父母收到信后的期待。
第五天	再次践行"敬",参加一次社团活动或小组讨论,在活动中尊重每一位成员的意见和想法,认真倾听他人发言,不轻易打断别人。积极参与讨论,提出自己的建设性观点,同时以谦逊的态度接受他人的批评和建议。	记录下活动过程中自己与他人的互动情况,以及对尊重他人重要性的更深理解。
第六天	再次践行"惜",对自己的生活用品进行一次整理,检查是否有闲置或浪费的物品。对于不再使用但仍有价值的物品,考虑捐赠给需要的人或进行二手交易。在整理过程中,思考自己在日常生活中是否存在过度消费和浪费资源的行为,并制定相应的改进计划。	记录下整理物品的过程和对珍惜资源的新认识。

日期	践行任务	记录内容
第七天	回顾这一周的实践活动，总结自己在"孝、敬、惜"方面的收获和体会，思考如何将这些实践经验融入到未来的日常生活中，持续践行"孝、敬、惜"的理念。撰写一篇总结报告，分享自己在实践周中的成长和感悟，包括对"孝、敬、惜"内涵的深刻理解、在实践过程中遇到的困难和解决方法，以及这些实践对自己的价值观、行为习惯和人际关系产生的积极变化。	

课后心得感悟

_____

_____

_____

2. 财富的秘密

——探寻财富真谛，树立正确财富观

财富是人的另一个焦虑源。穷人患得，富人患失。患得患失，是财富跟世人玩的一个游戏。这个游戏之所以让人们痛苦不堪又乐此不疲，是因为我们没有看破财富的真相。

"拥有财富"是一个错误的概念，正确的叫法应该是"保管财富"。我们费尽周折把一块美玉弄到手，看上去美玉在我们手中，事实上到我们手中的只是几十年时间；几十年之后，它属于另一个人。

我们都是保管员。

既然如此，我们何必为之焦虑？

古人认为，财富来自给予，所谓"舍得"，大舍大得。在这里起作用的是一个数学原理，种一收百，种百收千。

小时候不懂人们为什么把范蠡和关公尊为财神，后来才发现这一"尊"，真是再高妙不过。

尊范蠡为财神是因为他懂得财富的秘密：千金散尽还复来，只有"散尽"，才能"复来"。

当年，范蠡带着西施逃离越国到齐国做生意，从小生意做起，没多久就发了大财，可旋即他们就举财给予，把财富统统给予穷人。然后又从小生意开始做起，结果没多久又发了大财，然后再给予。如此三聚三散。以散为聚，以舍为得，真是聪明到家，智慧到家，当然最终是爱心到家。

人们尊范蠡为财神，还在于他的知足。古人讲，知足为富，人敬为贵。假如他不知足，帮越王办完事后，肯定不会那么快就离开。结果会怎么样呢？文种的结局就是下场。

越王在范蠡的帮助下打败吴王，成就了霸业，但庆功会上独少范蠡。原来他隐姓埋名，逃到齐国去了。他在齐国给文种写了一封信："高鸟已散，良弓将藏；狡兔已尽，良犬就烹。大越王为人，长颈鸟喙，鹰视狼步。可与共患难，而不可共处乐；可以履危，不可与安。子若不去，将害于子，明矣。"文种不信，终成剑下之鬼。

文种真不信？

想也未必。那是什么让他流连忘返，让他迟迟"不去"？

而尊关公为财神，那是因为古人明白，忠信才是这个世界上最大的财富，才是取之不尽、用之不竭的财富。

财富是一次"结果"，是善良、忠诚、信誉之树"结"出来的"果"。

汶川地震后，有个乞讨者把她辛苦化缘所得的一包零钱全部捐了出来，在我看来，这比把全世界所有的财富加起来都值钱。在我看来，她也是财神。

人有善愿，天必从之。自古以来，大财富拥有者也多是大慈善家。或者说，大财富拥有者和大慈善家是一体之两面。

财富的机密应该是：

造化给你财富，那是因为他对你的信任；造化给你好运，那是因为他对你的赏识。除此之外，没有别的生财之道，也没有别的走运之道。

如果一个人对苍生有益，造化肯定会使他走红；如果一个人对苍生无益，造化迟早会封杀他。因此，一个人的自信，其实是对爱和奉献的自信。

"求之不得"，这是一个词语，更是一个秘诀。为什么求之不得？因为造化不喜欢那些"求"的人。

财富是一种给予，就像权力、爱情、荣誉，包括好运，都是一种给予一样。

财富还是春种秋收。某个人发了大财，看上去是发了大财，事实上是他的麦子熟了，收获的季节到了。

如果一个人春天没有播种，秋天收获什么？当然颗粒无收。

同时，在我看来，发大财还是发小财，也是一个"瓜豆原理"：种瓜者收获不了豆，种豆者收获不了瓜。

可是现在有不少人种豆却想收瓜。这些人生产的食品会吃死人，酿的酒会喝死人，盖的楼房会压死人，拍的戏会看死人，出的书会读死人。

一夜之间，一块钱变成一百万，这是多少人甜蜜的美梦。人人都想把一块钱变成一百万，那个一百万从何而来？金融危机就这么到来。

什么是资本？最大的资本应该是对资本的清醒。

古人还讲，子贵为富，真是高妙。

儿子在北京上大学。一次到北京出差，正碰上他放寒假，邀我同坐火车，可是我已经买不到火车票，就动员儿子转让掉那张火车票和我一起坐飞机回。儿子坚决地说，等他啥时能赚够机票钱再坐飞机，否则，就一直坐硬座。在我看来，儿子的这句话值一百万。

儿子还说，钱这个东西，只不过是银行账户上的一串数字，说有就有，说没就没，一夜之间。

还真让我对钱有了新的认识。

俗话说，养个儿女比我强，要他银钱做什么；养个儿女不如我，要他银钱又做什么。

就是说，如果儿女有出息，他不需要你的金钱；如果儿女没出息，你的亿万资产在他手中也可能顷刻化为乌有，且会害了儿女。古人早就看到这一点，因此才有"勿以嗜欲杀身，勿以财货杀子孙""积金以遗子孙，子孙未必能守；积书以遗子孙，子孙未必能读；不如积阴德于冥冥之中，以为子孙长久之计""善为至宝一生用，心作良田百世耕"的劝勉；才有"道德传家，十代以上；耕读传家次之；诗书传家又次之；富贵传家，不过三代"的告诫。世界首富比尔·盖茨有三个孩子，他却表示："我不认为这些巨额财富对他们有什么好处，我将在余生捐光我所有的家产。孩子们每人只会得到我财富的很小一部分，这意味着他们将不得不自食其力。"数据显示，在2007到2012年间，他已向慈善事业捐出二百八十亿美元。

古人还讲，平安是福。

眼下，我的父母都八十多岁高龄的人了，还能下地干活，在我看来，也顶一百万。

他们的一生虽然普普通通，但大幸福就在普通里。想想看，当下有多少"富人"，成天处于疲于奔命的状态，顶着有可能随时到来的危险，包括牢狱之灾，提心吊胆地过日子，这样的财富拥有，到底有多大意义？而且时时招人嫉妒，处处有可能被暗算，真是如激流泛舟，悬崖走马，安危系于一线。

没有安，何谈享？

要想明白财富，就要首先明白增值。

就像我们给水池蓄水，入流虽大，但若有孔，水也难存；如若无孔，即使入少，水也看涨。又像我们吃梨，如果狼吞虎咽，即使三个五个，也难知味；如果能够专注于牙齿咀嚼梨子的每一次闭合，体味着味蕾如何接触沁凉的甘甜，虽啖一梨，享受却远超过狼吞虎咽。

给生命提供增值的，正是安详。一种明察的生活，洞悉的生活，真相的生活，回归的生活，无漏的生活，享受的生活，就是安详。

安详不是加法，也不是减法，而是乘法。

这个乘法，在我看来，才是真正的财富。

课堂练习

(一)理解与思考

1.文中提到"拥有财富"应叫"保管财富"，结合学生的消费观念，谈谈你对这一观点的理解。在学生生活中，如何树立正确的财富保管意识？

2.文中认为财富来自给予，种善因得善果。请结合具体事例,分析在现代社会中,这种财富观是否依然适用?对于学生而言,怎样在日常生活中践行"给予",为自己积累"财富"?

3.从文中可知,古人将范蠡和关公尊为财神,分别是因为他们的知足和忠信。在未来的职业发展中,知足和忠信会对获取财富产生怎样的影响?如何在追求财富的过程中保持知足和忠信的品质?

(二)分析与讨论

1.在当下社会,一些学生存在盲目追求财富、消费攀比等现象。从文章所阐述的财富真相和正确财富观的角度出发,探讨学生应如何避免陷入这些误区,树立健康、理性的财富观念。每个成员分享自己身边的相关事例,并发表看法。

2.结合文中关于财富与善良、忠诚、信誉关系的论述,分析在商业活动和职场竞争中,这些品质对个人财富积累和事业发展的重要性。讨论学生在校园学习和社会实践中,如何培养和提升这些品质,为未来的职业发展奠定基础。

3.以校园创业实践项目为例,分析在创业过程中,如何运用文章中提到的财富观念,如"春种秋收""种瓜得瓜，种豆得豆"等，制定合理的创业策略，实现财富的稳健增长。讨论在创业成功获取财富后，如何践行社会责任，进行合理的财富分配和"给予"。

（三）一周践行记录作业

"财富观念实践周"：在接下来的一周内，开展"财富观念实践周"活动。每天设定一个与正确财富观念践行相关的实践目标，并记录实践过程和感受。

日 期	践行任务	记录内容
第一天	践行"保管财富"，对自己的个人物品进行一次全面整理，包括衣物、书籍、电子产品等。在整理过程中，思考每件物品的使用频率和价值，对于那些长期闲置且没有太大价值的物品，考虑进行捐赠或二手处理。	记录下整理物品的过程和对"保管财富"的理解，以及处理闲置物品后的感受。

日期	践行任务	记录内容
第二天	践行"给予",选择一件自己力所能及的公益事情去做。可以是参加一次校园志愿者活动,如帮助图书馆整理书籍、参与校园环保行动等;也可以是为身边有困难的同学提供帮助,如辅导学习、帮忙解决生活难题等。	记录下公益活动的过程和自己在帮助他人时的内心感受,思考"给予"对个人和社会的积极影响。
第三天	践行"知足",在当天的生活中,克制自己购买非必要物品的欲望。当看到一件想买但并非急需的商品时,认真思考自己是否真的需要它,以及购买它是否符合"知足"的理念。	记录下克制购买欲望的过程和内心的挣扎,以及最终坚持"知足"后的成就感,分析"知足"对个人消费行为和生活满意度的影响。
第四天	践行"忠信",在与同学合作完成一项任务(如小组作业、社团活动策划等)的过程中,始终保持忠诚和守信。按时完成自己负责的部分,积极与团队成员沟通协作,不偷懒、不欺骗。	记录下合作过程中自己的表现和团队成员的反馈,思考"忠信"在团队合作和人际关系中的重要性,以及对个人未来发展的积极作用。

日期	践行任务	记录内容
第五天	践行"财富是春种秋收",制定一个短期的学习或技能提升计划,并开始付诸实践。例如,计划在一周内学习一门新的编程语言的基础知识,每天安排一定的时间进行学习和练习。	记录下学习过程中的收获和遇到的困难,以及对"春种秋收"财富规律的体会,思考通过自身努力积累知识和技能,如何为未来的"收获"打下基础。
第六天	践行"反思财富与幸福的关系",回顾自己一周内的生活,思考财富在其中扮演的角色,以及自己对幸福的理解。	可以通过写日记的方式,记录下自己在一周内经历的与财富相关的事情,以及这些事情给自己带来的感受,分析财富与幸福之间的内在联系,以及如何在追求财富的过程中,不迷失对幸福的追求。

日期	践行任务	记录内容
第七天	回顾这一周的实践活动，总结自己在正确财富观念践行过程中的收获和体会，思考如何将这些实践经验融入到未来的日常生活中，持续保持正确的财富观。撰写一篇总结报告，分享自己在实践周中的成长和感悟，包括对财富观念的深刻理解、在实践过程中遇到的困难和解决方法，以及这些实践对自己的消费习惯、人际关系和人生规划产生的积极变化。	

课后心得感悟

_____

_____

_____

3. 常识的价值

——重拾被忽视的生活、品德与阅读准则

"安详"是一个形容词,但我却把它看作一个因果关系,那就是:只有"安",才能"详";只有"大安",才能"大详"。

《尔雅》注"安"为"定",《周书》注"安"为"好和不争";《说文》注"详"为"审议",《书》注"详"为"审察"。

当一个人真正能够得定,他的身心自然轻安。而一个人只有真正身心轻安,他的心灵才会变成一个纯粹的镜面,世界在它面前才不变形,不打折扣的审议才能发生,真正的审察才有可能,否则那个"察"一定是"谬察"。

而明察是我们正确表达世界的前提,也是我们正确改造世界的前提。

如果我们把"安"视为"定",那么"详"就是"慧",而"定"和"慧"的前提是"戒"。由此,"戒"就成为关键。

这个"戒",说穿了,就是常识。

要想拒绝小偷进屋，光有防盗门是不行的，光有铁窗围是不行的，更为重要的是，要让屋子里亮着灯。

亮着灯是最好的"戒"。严防死守并不是最好的办法，一味地堵并不是最好的办法。如果说，大多数人可能整整一生都待在黑屋子里，也许会让大家沮丧，但事实的确如此。如果我说我们把一口菜从盘子夹到嘴里，那个过程可能就有一百个小偷光顾过，也许大家会震惊，但事实就是如此。

那个小偷就是杂念。

当小偷在场的时候，主人肯定不在场；正因为主人不在场，小偷才敢光顾。小偷之所以敢光顾，是因为他发现我们的屋子黑着。

为此，"知道"就成了我们的生命线。知道你在吃饭吗？知道你在看电视吗？知道你在上网吗？知道你在接电话吗？知道你在走路吗？

说个故事：两个射手去应试，其中一个百发百中，另一个百发百不中，但老师最终收下了那个百发百不中的射手。人们百思不得其解。师父的回答是，那个百发百不中的，看上去偏离了目标，但他却没有偏离目标，因为箭射出的那一刻他是"知道"的；而那个百发百中的虽然训练有素，技术过关，但是在箭出弦的那一刻他是"睡着"的。

老师的标准是"知道"。

在这个过程中，我们重新理解了一个词"知道"：只有当你"知"了那个"道"，才是真正的"知道"。我们口口声声说"知道知道"，其实什么都不知道。

安详让人们回到现场，在体味现场感中体味幸福。

现场感是幸福的充分必要条件。

当我们能够回到现场，获得现场感的时候，就会在最简单最朴素的生活中体会到最丰饶最盛大的快乐，否则，即使跑遍世界，也无法找到真实的快乐；即使把"奋斗"二字嚼碎，也无法找到真实的幸福。

安详来自人们对真相的体认。

而要体认真相，就要让我们的屋子里亮着灯。

课堂练习

(一)理解与思考

1.文中将"安详"拆解为因果关系，"安"是"详"的前提，结合我们学生的日常状态，怎样的"安"能让我们在学业和生活中达到"详"？比如在面对课程压力和社团活动时，内心的安定如何助力我们妥善处理并洞察其中的本质？

2.从文中可知"定""慧"的前提是"戒",而"戒"是常识。在校园这个多元且充满诱惑的环境里,我们该如何把这些看似简单的常识转化为自身的"戒",从而帮助我们获得"定"与"慧"?

(二)探讨与分析

1.文中提到杂念如同小偷,当杂念充斥时我们就失去了对当下的"知道"。在当今信息爆炸的时代,学生很容易被各种信息干扰产生杂念,那我们该如何培养自己时刻"知道"的能力,避免被杂念偷走我们对生活的真实体验?

2.故事中老师以"知道"为标准选择射手,在我们学习和成长中,我们常常注重成绩(如同百发百中的射手),但可能忽略了"知道"这一关键。那我们该如何平衡追求成绩和保持对学习过程的"知道",怎样才能让自己在学习和做事时真正处于"知道"的状态?

3.文中说现场感是幸福的充分必要条件,而我们有时会陷入对未来的焦虑或对过去的遗憾中,忽略当下。那如何才能在日常学习、社交等活动中获得现场感,从而在简单生活中体会到快乐与幸福?

课后心得感悟

_____

_____

_____

朋友告诉我，几位慈善家到贫困地区献爱心，大冬天，发现有一家的孩子大多光着脚丫，心里非常难受。他想，一定是艰苦的生活环境使这位母亲麻木了。我说不对，小时候那么困难，母亲也没让我们光着脚丫，现在总要比过去好得多，真正的原因是她没有把孩子光着脚丫看作是一个母亲的重大失职。

其实，在城里，也有无数这样的"光脚丫妈妈"。孩子回到家里，爸爸妈妈都不在，桌上是十块钱、一张便条："买包方便面吃吧！"想想看，当孩子看到这个情景心里该是什么感觉？一些孩子拿着这十块钱去了哪里？极有可能是网吧。

当孩子在网上游戏、聊天的时候，爸爸妈妈在干吗？也许在酒吧，也许在美容院。

这些孩子虽然没有光着脚丫，但他们"心灵的脚丫"是光着的。

更有不少孩子，他们"心灵的脚丫"早被冻伤了，而且终生难医。

每次去少管所讲课，面对那些未成年服刑人员无辜的目光，我的心里都会特别难过，他们中间，甚至有人不知道父母为何人。但每次课前，他们却要齐声高唱《父亲》《妈妈的爱》这些歌。据警官介绍，这些孩子，差不多都有两个背景，要么有网瘾，要么有一个问题家庭。

可见，生存环境不是问题，问题出在责任感的丧失。

一个人连自己的孩子都不爱了，怎么能够去爱他人？而一个从小就没感受到爱的孩子，长大之后会用爱回报社会吗？

一个没有爱的社会，是不是一个"光着脚丫"的社会？

说到底，这是一个常识问题。

暑假的一个晚上，我正要就寝，儿子端来一盆洗脚水，说："爸，您洗完脚再睡吧。"我真是难以描述当时的激动，都有些语无伦次了，那么的不适，那么的紧张。这是怎么回事？太阳从西边出来了！第二天早晨，等我洗漱完，发现儿子已经把早餐做好了，我同样的"受宠若惊"。

按理，作为父亲，享受儿子的这种待遇应该是自然的、常态的，现在却有一种受宠若惊之感。为什么？

稀罕啊！

细想起来，这不能怪孩子！现在的孩子即使想孝敬父母，大都不知如何去做了。不少已经丧失了孝敬的能力，就像他们已经丧失了快乐的能力。

谁之过？

曾经看到一个先进经验报道：某地以儿子和父亲签协议的形式开展孝德建设。看完这个"先进经验"，我真是赞赏不起来，倒是有些酸楚。对于中华民族来说，父慈子孝是天经地义的事情，是最起码的常识，现在却要用"协议"来保障，这难道不是一个天大的讽刺？而现在，我们却把它作为经验来推广，可见孝道沦丧到什么程度。2011年12月22日，中国人口宣传教育中心、中国社科院调查与数据信息中心在北京共同发布了"2011年中国家庭幸福感调查"。在关于生活压力的调查中，受访者选择最多的是"婆媳、翁婿关系紧张"，占75%。看看这个，我们就会明白，当下社会，人们缺失了什么。

懂得养花的人都知道，浇花要浇根。而孝，在我看来，就是中华民族文化的根。中华民族之所以能够保持她的生命力，一个最为重要的原因就是中华民族是一个倡导孝的民族、倡导爱的民族、倡导安详的民族。

不少教师埋怨，现行的应试教育让人无暇搞人格教育，包括孝道教育。我说不对，孝道的教育和应试教育并不冲突，相反还有促进。一个有孝心的孩子，自会好好学习，因为不好好学习，父母不开心。

古人把孝分为四个层次：小孝养父母之身，即保障父母基本的生活；中孝养父母之心，即做让父母开心的事情；大孝养父母之志，即完成父母的理想；至孝养父母之慧，即做儿女的要安放父母的灵魂，让他们寿终正寝，了脱生死。

同理，一个有孝心的人也不会堕落。如果是一个孝子，他仅仅为了不给父母脸上抹黑，也不会轻易贪赃枉法，更不要说锒铛入狱，让父母揪心！正可谓"身有伤，贻亲忧；德有伤，贻亲羞"，正可谓"其为人也孝弟，而好犯上者，鲜矣；不好犯上而好作乱者，未之有也"。

能不能让孩子保有一颗爱心，才是关键。

而孝心是爱心的根，这是常识。

课堂练习

(一)理解与思考

1.文中提到孩子们虽然没有光着脚丫，但他们"心灵的脚丫"早就被冻伤了，这是因为母亲责任感缺失，作为我们应如何理解责任感在家庭关系中的重要性？在未来自己组建家庭或处理家庭事务时，该如何避免成为"光脚丫妈妈"或"光脚丫爸爸"这样缺乏责任感的角色。

2.孝是中华民族文化的根，而当下孝道的沦丧，甚至要用协议保障。结合我们接受的多元文化教育，应如何看待传统孝道文化？又该如何在现代社会环境中传承和践行孝道？

（二）探讨与分析

1.文中指出现在很多孩子即使想孝敬父母也不知如何去做，丧失了孝敬的能力。在学生阶段，我们有相对自由的时间和空间，该如何主动学习和培养孝敬父母的能力？

2.从文中少管所孩子的情况可知，问题家庭容易导致孩子出现问题。在学生面临恋爱、未来组建家庭的情况下，我们该如何从这些案例中吸取经验，为自己未来营造健康的家庭环境，避免孩子成为"光脚丫"？

3.文中提到孝心是爱心的根，一个有孝心的人不易堕落。在当今竞争激烈、价值观多元的社会环境下，我们应如何通过培养孝心，进而提升自己的爱心和社会责任感，避免在复杂的社会中迷失自我？

课后心得感悟

_____

_____

_____

要回到常识，就要求我们首先要回到阅读的常识。

现在有不少专家在给青少年开书单，书目确实很丰富，但我觉得同样应从常识开起。在许多名家开的书单中，鲜见"训蒙养正"类读本，比如《弟子规》，比如《朱子家训》，比如《了凡四训》，我觉得这样的书单是空中楼阁。也许专家觉得这些"训蒙养正"读本太简单了，开在书单上显示不出名家的水平。的确，它们十分简单，但正是这些"简单"，可能离成长最近，也离真理最近，因为它们是常识，是根。

"弟子，入则孝，出则弟，谨而信，泛爱众，而亲仁。行有余力，则以学文"。在我看来，这才是根本的"书单"。一个人只有首先落实了最基本的道德和品格，才有可能具备学习能力，才能够不读死书，才能将知识转化为智慧，将所学落实于生活，才能够有主见有正见，举一反三，"告诸往而知来者"。

想必这也是司马光为什么要讲"德者，才之帅也"的道理。而"训蒙养正"的书籍就是让我们首先具备才学的根本——品德，再用品德来统帅才能。

再说，在这个疯狂出版时代，开卷未必有益，家长和老师一定要替孩子甄别清楚。全球性出版机构麦格劳·希尔国际出版集团每年出版两千多种新书，以四十多种语言同步出版。中国亦是如此，三联书店前总编辑董秀玉曾经质问，当下中国，每天竟然有七百多种新书上架，请问我们生产出来的到底是书还是纸？这些数据告诉我们，当今书籍出版的速度远远超过了人类阅读的速度和能力，再能读书的人也不可能阅尽群书。所以，读书要甄别，不能什么书拿来就读。

在我看来，把一本好书读一千遍，比读一千本普通的书要受益得多。究其精神营养，当下以如此速度出版的书籍，一万句大概也比不了经典之一句。更何况，一些书本来就不是本着为读者提供精神营养而出的，说得严重一些，个别书是"毒品"。现代读书人中，有多少饮苦食毒者，真是无法估算。

阅读的标准在哪里？在我看来，仍是安详。

出版的标准在哪里？我认为还是安详。

为此，我给我主编的《黄河文学》提出"三个倡导"："倡导办一份能够首先拿回家让自己小孩看的杂志；倡导办一份能够给读者带来安详的杂志；倡导办一份能够唤醒读者内心温暖、善良、崇高和引人向内向上的杂志。"

我是想借此倡导一种底线，一种"父母心肠"。我们编发的所有稿子，都要保持在"父母心肠"这个频道上。常识告诉我们，父母留给自家孩子的东西一定是最好的，谁也不忍心毒害自己的孩子，虎毒尚不食子。由此可知，先祖一代代为我们挑选出来的书籍肯定是最好的，而那些流传下来的家训无疑是珍宝中的珍宝。

所以说，无论是阅读，还是出版，我们都要到"父母心肠"那里寻找标准。

而要真正读懂一本书，需要我们换一个读的方法，那就是"做"。《弟子规》讲得好："不力行，但学文；长浮华，成何人。"假如我们不去实践，即使满腹经纶，对生命又有什么意义呢？只不过是多长些浮华而已。《弟子规》就是让我们从常识做起，从一言一行、一粥一餐做起，从一件衣服怎么放、一个杯子怎么执做起。看上去平常，但事关宏远。

"执虚器，如执盈；入虚室，如有人"。假如我们不去身体力行，就无法体会其中的奥妙。我们可能懂得如何端着一个满杯，却并不懂得如何端着一个空杯；我们可能懂得如何身处满室，却并不懂得如何身处虚室。在我看来，"执虚器，如执盈"正是佛教精髓，它其实和"器"无关，而是借助这个"器"，让人反观自身，正可谓"观自在"。

就像通过草动而知风在，通过芬芳而知花在。

而"入虚室，如有人"是儒家精髓，它强调的是"守"，是"慎独"。"守"是一种本领，是一种功夫。想起来，"入虚室，如有人"不正是圣贤之道吗？那该是一种多么庄重的风度，又是一种多么浩大的喜悦啊！

而这个无比美妙的"如"却是通过"守"发生的。

守着，一寸一寸地守着，寂静又芬芳。

守身如执玉，还需要多说吗？

灿烂生命的秘诀，无疑就在这里了。

当一个人以执玉的姿态守身行事，他的人生还能不精彩，事业还能不顺遂吗？

最大的危险是一个人的放浪，所有的失败者都是被自己心中的浪头打翻的。

如此看来，每个人都是看守所，每个人都是"看"和"被看"者。

可见，安详才是常识中的常识。

课堂练习

(一)理解与思考

1.文中提到"安详"是一种因果关系，即"只有'安'，才能'详'"。结合自己的学习和生活，谈谈你对这种因果关系的理解。在哪些具体情境中，学生需要保持"安详"，以实现更好的"审议"和"审察"？

2.作者认为"戒"是"定"和"慧"的前提，而

"戒"就是常识。请分析在自己的日常行为中，哪些行为属于缺乏常识，违背了"戒"的要求？如何通过培养常识，提升自身的"戒"的意识，从而达到"定"和"慧"的境界？

3.从文中可知，孝是中华民族文化的根，一个有孝心的孩子会在学习和行为上有积极表现。结合自身经历，谈谈你对孝道在成长过程中重要性的理解。

(二)分析与讨论

1.在快节奏的现代生活中，自己面临着各种压力和诱惑，如学业竞争、社交娱乐、网络信息等，这些因素可能导致我们难以保持"安详"。从文章所阐述的"安详"的重要性出发，探讨应该如何应对这些压力和诱惑，找回内心的"安详"？

2.结合文中关于"光脚丫妈妈"和家庭解体的论述，分析在现代社会中，家庭责任感缺失对孩子成长和社会发展的负面影响。讨论学生作为未来家庭的组建者，应该如何培养自己的家庭责任感，避免出现类似的问题？

3.以阅读为例，分析在阅读选择上，我们普遍存在哪些问题？如何借鉴文章中关于阅读常识的观点，引导学生树立正确的阅读观念，选择有价值的书籍阅读？

（三）一周践行记录作业

"常识践行周"：在接下来的一周内，开展"常识践行周"活动。每天设定一个与常识相关的践行目标，例如：

日期	践行任务	记录内容
第一天	在与家人或朋友交流时，认真倾听对方讲话，不打断，体会"知道"的感觉，感受现场感。	记录交流过程中的感受和收获。
第二天	给父母打视频电话，关心他们的生活与健康，并为他们做一件力所能及的小事。	记录通话内容、关心的具体方面，描述为父母做的事情感受以及他们的反应。
第三天	从《弟子规》《朱子家训》中选取一段内容，结合生活实际撰写心得体会。	摘录经典内容，阐述对其的理解，分享在生活中与之相关的经历及受到的启发。

日期	践行任务	记录内容
第四天	清理手机中不常使用且无价值的信息类APP、小程序等，筛选出优质阅读资源并制定阅读计划。	列出删除的APP名称等，介绍保留的阅读资源，展示制定的阅读计划及预期目标。
第五天	在图书馆或安静场所专注阅读1小时经典著作，记录阅读时的专注状态与收获。	记录书籍名称、阅读章节，整理阅读过程中的思考与感悟，分析专注阅读的效果。
第六天	主动与同学交流近期阅读的书籍，以"父母心肠"标准互相推荐并说明推荐理由。	记录交流内容、推荐的书籍，分析书籍符合"父母心肠"标准的具体表现。
第七天	回顾一周践行情况，绘制"常识践行进度表"，总结进步与不足，制定下一周计划。	梳理一周在安详心态培养、孝道践行、阅读选择等方面的行为，分析存在的问题，规划未来改进方向。

课后心得感悟

_____

_____

_____

附录一　从寻安到心安·学生成长记

1. 从"后退"中洞见本质

莱芜职业技术学院2024级机器人01班　杨进兴

尊敬的老师、亲爱的同学们：

大家好！

我是2024级机器人01班的杨进兴。距"寻找安详"的第一堂课至今已快四个月了。从开始学习这门课以来，我每天都能感受到自己越发在向一种更为积极、向上的道路上进步。

对于"寻找安详"这门课程本身，我一直持一种乐观的态度去看待。课文中有许多积极的内容值得我去学习，如"给"的利他性，"勤"的行动力，等等。当我们以一种正确的态度去看待"给""守""勤""静""信"，并慢慢地去尝试践行时。我们便能渐渐理解书中所提倡的安详终为何物，也便能渐渐地走近安详。

对于我个人来说，"寻找安详"这门课中有许多给我带来积极性改变的智慧，而在这其中，我最崇尚的，便是"后退"的智慧。

我们在高中语文学习中曾大量地训练过议论文的写作技巧。想要通过晦涩难懂的三言两语来写出一篇好的议论文，便需要我们在审题时做到"透过现象看本质。"我认为，对于生活，亦应如此。而想要做到用"透过现象看本质"的态度去对待生活，我认为，书中的"后退"观点便是最优解。

在书中，"后退"是一种让我们回到现场的方式。正如书中所言，一切焦虑都产生在"想法层"，当我们把"想法层"端掉，焦虑产生的根就被挖掉了。在我看来，我们对于想法层的操作，不只局限于消除焦虑，更可以为我们缔造成功。如果我们能在为人处世中也运用上"后退"的方法论，比如与他人交流前在心中默默准备好"发言稿"，在回答他人的问题时仔仔细细地分析对方的言语和意图，那么，我们交流的效率、学习的效率、工作的效率，肯定会大幅提升，这种事半功倍的事，我们何乐而不为呢？

正是得益于"后退"方法论，我的学习成果、竞赛成果、人际交往等方方面面都在本学期取得了较大的进步，每一次的"后退"与"思考"都为我带来了更为可观的收获。诸多学长和老师们都评价我为人处世较同龄人更为成熟，我想，这和"寻找安详"这堂课给我带来的智慧密不可分……智慧本就是人生沉淀的结晶，而我只是提前学习了这些智慧。

事实上，"寻找安详"给我带来的改变远不止于此。正如潘老师在开课伊始时所说的："我们这堂课给大家带来的不是那些古板的知识，而是启迪人生的智慧。""长处乐""久存仁""时习之"等智慧让我们领略夫子的魅力；"感恩""孝敬""和合""天人合一"等智慧让我们体会传统习俗代代相传的意义；"起于随缘""忠于使命""归于大同""止于至善"让我们感受中华文化博大精深的奥秘……

对我而言，"寻找安详"这堂课，真是魅力无穷、奥妙无穷、智慧无穷，如千年前天生夫子，破万古之长夜。

希望我的分享，能为大家今后的生活有所启迪，更希望大家能够和我一起，走进安详！

2. 从焦虑开盲盒到心归本位

莱芜职业技术学院2024级机电一体化01班　李凤东

尊敬的老师、亲爱的同学们：

大家好，我是2024级机电系01班的李凤东。时间在不知不觉中悄悄地流逝，一转眼"寻找安详"这门课程已经上了有一个学期的时间了，一开始我是对这门课极度地排斥，因为它上课时间在每周周三（我们放空的一整个半天），而且老师布置的任务每天还要写践行报告，很耽误时间。但是，随着课程的进行，我的想法逐渐发生了变化，老师不仅非常亲切，还会把课堂上发言的机会留给我们，让我们有足够多的锻炼机会。我在一次次的上台锻炼中变得越来越自信，临场表达能力更强，虽然我上台还是会紧张，但已经比之前老师一说让同学来分享"理解与分析"这个环节就紧张好多了。

在不断学习的过程中，这门课的理念也在不断地影响着我的日常生活。我在通过"守"走进安详中寻找现场感，主动感知自己的起心动念，开始慢慢放下手机，内心逐渐平静。不再因为今天玩了好久的手机而焦虑，而是守住现场去学习，去读书，在现场感中找到了提升的喜悦感。我在通过"勤"走进安详中从细节小事做起，在合理的规划中提升自己，当我在努力获取知识的过程中，焦虑也在不知不觉中溜走了。这门课不仅让我消除了焦虑，还改变了我的日常生活，为人处世。

有一次玩电脑游戏时，键盘坏掉了，但是我又舍不得去花钱购买，于是就在哔哩哔哩上开盲盒。一次不到十块，有可能会中奖开到键盘，这样就不用购买啦，怀着中奖的心态我不断地花钱打开盲盒，最后花了一千多块钱也没有抽到一个键盘，反而是收获了一大堆破烂。直到我在"寻找安详"课堂学习了"后退"的方式，去分析自己为了购买一个键盘，被网上的诱惑升起来中奖的念头，却花了如此多的钱，远远超出了购买键盘的费用。我顿时从想继续开盲盒的想法中后退到了我最初的购买键盘的念头，我只是想要一个键盘，最终花费了那么多钱却一无所获而感到荒谬。我决定直接买个键盘，从此结束网上的诱惑。

在这件事以后，我便主动地采用"后退"思考，避免自己被不必要的念头与欲望所左右，做到了心归本位，找到了内心属于自己的安详与自由。

3. 拆掉挑剔的墙，遇见世界的光

莱芜职业技术学院2024级机电系01班　尹　浩

尊敬的老师，亲爱的同学们：

大家好！

"寻找安详"这门课程在每日的践行中，需要我们看到他人一个优点。看似非常简单，但它就像一束光，照亮了我曾经挑剔的内心，更让我收获了意想不到的温暖与光明。

一颗挑剔的心，是一堵冰冷的墙。

曾经的我是习惯用显微镜去看别人缺点的人，同学说话直，我会认为他情商低；朋友偶尔迟到，我便认定他不守信用；甚至家人一句无心的话，也能让我耿耿于怀。那时候的我，仿佛一个人立于孤岛之上，总觉得周围的人都不够好。这样的心态，使我的人际关系充满紧张，自己也变得疲惫不堪。

说到疲惫，自从担任了"寻找安详"课堂的班长后，每天都很充实，也很疲惫。有同学问，为什么要担任这个班长，其实就在我要担任班长的前一天，我读到了一句话："当你用批评的眼光看世界，世界也会用批评回馈你。"它原本只是一句话，一句走马观花的话，直到第二天，我在课堂上听到潘老师的一席话："看他人优点，是让自己的人生没有痛苦和烦恼，看优点，是让自己的人生天天和温暖、光明共振，如此你的人生就会变成光明和温暖的。"

这两句话像两块磁石一般在我心底产生了共鸣，现在我更愿意让它"同频共振"。就在那一刻，我找到了"寻找安详"这堂课的意义，我理解了"世界也会用批评回馈你"，我突然意识到，我的不快乐，或许不是别人造成的，而是我自己选择了一种冰冷的生活方式。于是我决定践行老师的任务：每天至少发现别人的一个优点，并真诚地告诉对方。

面对我的父母，虽然他们唠叨，但他们的爱藏在每一顿热乎乎的饭菜里，我想对他们大声说："我爱你们！"

当我停止挑剔，我发现世界突然变得柔软了。

以前，我总在寻找不足，内心充满焦虑；而现在，我通过"寻找安详"的课堂，学会了欣赏，生活仿佛多了许多小确幸。因为，我用温暖的目光看待世界，世界也会回馈我温暖。

4. 一场与"安详"的心灵共振

莱芜职业技术学院2024级智慧健康养老服务
与管理01班　王媛媛

在学习"寻找安详"之前，我对生活的理解往往是片面且浮躁的。那时的我，被日常琐事缠身，内心时常处于焦虑与不安之中。正如至理名言"大道至简，衍化至繁"，我虽知道简单生活的道理，却难以在复杂多变的现实中践行。那时的我，常常从一个极端走向另一个极端，在追求目标的过程中屡屡碰壁，却很少反思问题的根源。失败的经历不少，但总是难以从中汲取真正的教训，仿佛交了无数次"学费"，却鲜有实质性的成长。

然而，自从我开始系统学习"寻找安详"，我的内心逐渐发生了微妙的变化。"寻找安详"所倡导的理念，如同一股清泉，缓缓注入我干涸的心田。特别是在学习过程中，有几句教材中的话对我产生了深刻的启发，让我意识到，知识如果不能应用于实际生活，不能帮助我们解决现实中的问题，那它不过是空中楼阁，毫无意义。我开始反思自己过去所学的种种，是否真正能够与自己相结合，是否能够在生活中发挥作用。这种反思促使我更加注重将理论知识与实际生活相联系，避免纸上谈兵。

另一句让我印象深刻的话是：失败不一定是成功之母，若是下次方法依旧，不反省，不改正，不积累经验，下次依旧是失败的。这句话如同一记警钟，敲醒了我对失败的认知。过去，我总是用"失败是成功之母"来安慰自己，却很少深入分析失败的原因，寻找改进的方法。通过学习"寻找安详"，我明白了失败只有在经过深刻反省、积极改正并积累经验之后，才能成为成功的基石。我开始学会从每一次失败中吸取教训，调整策略，不再盲目重复过去的错误。

学习"寻找安详"后，我逐渐体会到每一个行为，每一个念头，都会产生相应的结果。让我更加明白做人做事要心存善念，谨慎言行。要在日常生活中不断修正自己的想念和行为。正如教材中所说，直截了当地感受安详。这句话让我明白，修行的关键在于自身的改变和提升，而不是机械地遵循某种形式。只有真正改变自己的内心，才能在生活的点滴中感受到那份宁静与祥和。

通过这段时间的学习，我的心态变得更加温和，面对生活中的挑战不再那么焦虑和恐惧。我开始学会放下执着，接受事物的本来面目。这种内心的转变，不仅让我在处理学习和人际关系时更加从容，也让我感受到了前所未有的内心安宁。

总的来说，学习"寻找安详"给我带来了一次心灵的洗礼。它让我重新审视自己的生活态度和价值观，教会我在纷繁复杂的世界中寻找内心的安详。教材中的那些智慧箴言，如同一盏明灯，指引着我前行的方向。

我相信，只要坚持不懈地将所学所悟融入到日常生活中，我一定能够在这条心灵成长的道路上不断前行，收获更多的幸福与安详。

5. 重返安详课堂，再次遇见心的归处

莱芜职业技术学院2023级会计信息管理01班　宋文亚

尊敬的校领导、老师，亲爱的同学们：

大家好!

我是"寻找安详"课堂的宋文亚，一年前我作为大一学子站在这里发言，如今的我再一次站在这里跟大家分享我的学习心得。

去年大一时我学习了"寻找安详"的课程，今年我依然来到了人一 这个班级选择继续学习"寻找安详"，因为在去年下半年里我停了一段时间的学习，发现我在各个方面都退步了。比如：做事情不再像一年前那样专注；眼里慢慢地都是远方的终点，逐步忽略了脚下的每一步和沿途的风景；最典型的表现是经常生病……

我知道这些都是我心不在现场，太看重自己的得失所造成的，当"心"不在现场，对应的"身"就会出现问题。所以，当我知道这学期大一要开展"寻找安详"活动

时，我毅然选择了回到课堂中去，重新拾起每天的力行报告和每日阅读，慢慢弱化自己的得失心，让自己回到现场。

今年三月当我再一次翻开《寻找安详》这本书时，熟悉的感觉充斥着内心，书中对"安详"的阐释，让我如梦初醒。它让我对"幸福"有了更高层次的定义，"幸福"不是遥不可及的海市蜃楼，而是在一粥一饭、半丝半缕之中；它让我不断深挖生活中的幸福，从而回到现场，将幸福感不断放大。

书中关于"现场感"的论述，更让我对学习、对生活、对未来有了一个全新的态度，只有全身心地投入到每一个当下，体会与家人朋友相处的温暖瞬间，才能找到内心的安详与幸福。比如在和家人共进晚餐时，用心品尝饭菜的美味，去感受每一口饭的"味"；聆听家人的欢声笑语，真真切切地去感受亲情的珍贵和生活的美好，从而家庭氛围更融洽了。

在践行的过程中，我发现，即将毕业的我，面对学业的压力，不再焦虑烦躁，而是静下心来，一步一个脚印地去努力，各类证书一个个去准备去考取。当遇到难题时，我不再去抱怨，而是把它当作提升自己的机会；在人际交往中，我放下功利心，真诚地对待每一个人，收获了许多真挚的友谊，和舍友、同学的关系越来越融洽……

这堂课还教会了我通过"后退"回到现场，在"行仁"过程中增加自己的心量；通过看"孝""敬""惜"等方面来选择朋友以及另一半等。由此可见，这堂课教的不是知识而是智慧。让我从错误的认知中走出来，重新认识自我。在未来的日子里，我会带着这份对安详的领悟，继续学习，继续践行"后退""仁""孝""敬""惜"等，在每一个平凡的日子里，去寻得内心深处的安详与幸福。在这个快节奏的时代，坚持终身学习，塑造独特的个人风格。

　　最后感谢学校给我们带来一门受益终身的课程。

6. 在掌声与目光里，种下心的安详

莱芜职业技术学院2023级文物系　郑杜毅

尊敬的老师、亲爱的同学们：

大家好！

我是来自"寻找安详"课堂的郑杜毅，今天能有机会站在这里向大家分享我这一年来的收获，十分荣幸。

很感谢潘老师能给我这样一个机会，能让我在这样一个舞台上讲出我的经历和感受。这一年来，通过对《寻找安详》一书的学习，我的改观很大，我变得越来越优秀了，我的生命中从来没有出现过像她一样能坚持那么长时间，一直觉得我很优秀，一直看到我在努力改变的老师。而在"寻找安详"的课堂上，我遇到了。她不是一个人，是一群人。

起初，我刚上大学的时候也挺迷茫，我不知道自己的方向在哪。于是我疯狂地参加各种活动，企图抓住一些什么，找到一些什么。直到我走进了"寻找安详小课堂"，这是我人生中第一次真正融入到一个群体当中，真正地融入到"寻找安详"课堂中去。坚持每天践行报告，养成阅读习惯，我的心慢慢地静下来，让自己回到现场，找到自己。我开始尝试在课上发言，尝试表达自己的观点，从一开始我紧张到说不出两句话就下台了，到这个学期我每一次发言观点，都能得到同学们的掌声和老师真切的认可，在他们坚定认可我的眼神中，我也找到了属于我的那份自信和安详。

"寻找安详"这堂课一开始就告诉我，幸福不是遥不可及的，它藏在每一个不起眼的生活细微中，它教会我，安详在一粥一饭，半丝半缕之中，在每一次的力行之中，在寻找他人优点的过程中，在恭而有礼的师生关系中，正是这些看似不起眼的小事，构成了生活中真实的我，也正是这些不起眼的小事，让我仔细地品味到了感恩与收获。正如书中所言，我真正地回到了生活的现场，找到了属于我的幸福。

在以后漫长的人生里，我永远会记得有那么一堂课，它教会我孝顺尊敬，珍惜感恩。我也永远会记得有那么一群人，在他们的目光里，我能感受到一份独属于我的安详，最后感谢学校能给我一次终身受益的课程。

7. 寻找安详里的心灵觉醒

莱芜职业技术学院2024级教育系早期教育01班
管姝雅

在接触《寻找安详》前，我对"安详"的理解一片模糊。校园生活节奏飞快，我每日忙于课程、社团和考试，满心以为成绩、奖项和职位才是成长的正道，只有获得外界认可，内心才能安宁满足。可每当夜晚来临，班级群消息、作业提醒和朋友圈他人的精彩生活，让焦虑和空虚将我紧紧包裹。我拼命努力，却始终摆脱不了疲惫与迷茫，根本不懂安详的真谛，更不知如何在忙碌中寻得内心平静。

翻开教材，"通过'给'走进安详"这句话一下抓住了我。曾经我认为只有不断获取才能变强，读了教材中"给予不是失去，而是另一种获得，是心灵富足的体现"，我开始反思自己的行为。小组作业讨论时，我虽有责任心却也会为多做事而纠结；同学请教问题，我怕耽误时间而敷衍；宿舍生活里还常为小事和室友计较。

　　"给，就是把我们能拿出来的那份物力、体力、智力奉献社会，并且不求回报。"想到这里，我的内心"第一念"的警铃大震，我开始主动承担更多的责任，耐心帮助同学，现在大家都说我"负责，有担当"，学习过程中我不仅收获到了更多的专业知识技能，还有了更稳定的、融洽的人际关系。我真切体会到给予能滋养心灵。在一次次给予中，我逐渐放下狭隘自私，明白了付出与收获的意义，也离安详更近了一步。

　　"活在当下，享受安详"也如警钟般敲醒了我。曾经的我，总是被过去和未来束缚。想起考试失利就自责懊悔，畅想未来又满心焦虑。课堂上，"当我们把注意力集中在当下，才能发现生活细微处的美好，而这些美好正是安详的源泉"这样的话，让我重新审视生活。

　　我开始刻意练习回到现场，专注当下，感受"现场感"带来的喜悦与能量，如吃饭时放下手机，感受食物的美好；课堂上不再一心二用，专注老师的讲解；校园散步时，留意身边的花草树木、飞鸟鸣禽。当我专注于每一个当下，内心的焦虑慢慢消散，取而代之的是对生活的热爱。原来，美好就在身边，只等我们用心发现。

　　教材中"向孔子学习安详"的内容也让我受益匪浅。"常克己"让我懂得克制欲望和冲动是获得内心平静的关键。以前我容易被情绪左右，小组讨论意见不合就争吵，遇到不顺心的事就抱怨。学习"常克己"后，情绪上头时我会利用"常克己"的方法，战胜生命的惯性。"不迁怒""不贰过"的思维让我冷静下来，克制住反驳的冲动，认真倾听他人意见，最终完善了方案，活动也圆满成功。在一次次的"克己"中，一开始并不能很好地控制自己的焦躁，但在坚持第一次克制住自己负面情绪时，得到的是不同的见解，也让我换了不同的思路。在倾听他人发言时，我的专注倾听，也让身边有了更丰富的声音，我想这更利于我的成长，心里充满了获得感和满足感。

"寻找安详"过程本身就是一场心灵的深度洗礼。它改变了我对生活的认知，重塑了我的内心。我不再过分在意外界评判，学会关注内心感受。在给予、专注当下和自我克制中，我收获了快乐，感受到了生活的美好，也修炼了心性。更容易感知生活中点滴的幸福，包括学会感激一花一草，这份对安详的感悟，将成为我人生的宝贵财富，无论未来遇到什么，都能让我保持内心的宁静从容，乐观豁达地面对生活，在平凡中寻得属于自己的安详与幸福。

8. 在琐碎里缝补心灵的安详课

莱芜职业技术学院2024级教育系　高渝淑

在翻开《寻找安详》之前，我对"安详"的认知就像一层薄薄的窗纸——以为它不过是生活里短暂避开烦恼的一个词语。每天在教学楼与宿舍之间奔波，熬夜赶作业，课余时间还要忙着参加各种实践活动，手机里永远有回不完的群消息。我总觉得只要加入学生会、在班委竞选中脱颖而出，就能证明自己的价值，可每当深夜放下手机，心里却空落落的，被莫名的焦虑和迷茫笼罩。

直到在课程中学到"安详是一种智慧，是对生命的洞察"这句话，像有人突然拉开窗帘，让阳光照进了蒙尘的房间。刚入学时，看着班级里大家热火朝天地竞选班委、加入社团，我也跟着报名了。

那段时间，我熬夜准备竞选稿，连吃饭都在背演讲稿。当我同时通过两轮竞选，却发现自己根本应付不来双重压力。每天既要处理工作，又要在班级里策划活动，忙得晕头转向。看着镜子里疲惫的自己，我突然意识到，我追逐的不过是别人眼中的"优秀"标签，却失去了对生活的掌控感。现在才明白，安详不是盲目追逐他人眼中的"充实"，而是看清自己真正的需求，在浮躁中守住本心，回到"现场"。

书中"一粥一饭，当思来处不易"的字句，彻底改变了我的生活视角。以前总嫌弃食堂饭菜寡淡，现在却会盯着餐盘里的米饭发呆，想起妈妈视频时反复叮嘱"按时吃饭"的牵挂。有次熬夜赶完作业，回宿舍发现桌上放着室友留的半块面包，便签上写着"饿了吧，记得吃"，那一刻突然鼻子发酸。

这些曾被我视作理所当然的日常，原来都是生活藏起的糖。再想起孔子"饭疏食饮水，曲肱而枕之，乐亦在其中"的豁达，我开始减少无效社交，周末窝在宿舍读书，享受阳光洒在书页上的平静。

学习"寻找安详"的过程，更像是一场和自己的对话。前不久参加婴幼儿技能大赛，作为团队里唯一没经验的成员，我既紧张又焦虑。项目策划阶段，方案被老师三次否定，团队氛围压抑。深夜对着屏幕修改意见，我急得眼眶发酸，甚至想退赛。这时，书中"静而后能安，安而后能虑"的句子点醒了我。我主动向队友学习，熬夜查阅案例，在笔记本上画满思维导图。当我们的项目最终获得银奖时，我深刻体会到：不被焦虑裹挟，专注脚下每一步，才能收获成长的从容。

践行安详的道路并非一帆风顺。前几天协助老师整理文件，我因疏忽弄错了数据，导致进度变慢。听到老师略带责备的话语，自责和委屈瞬间涌上心头，整晚都在反复回想失误。但当我重读"通过'静'走进安详"的章节时，突然释怀：成长本就在试错中前进，与其沉浸焦虑，不如专注改进。现在的我学会与情绪和解，允许自己偶尔沮丧，也会提醒自己：阴天过后总会放晴。

"寻找安详"这个课程不是高高在上的说教，更像是一位长者的谆谆叮嘱。它让我明白，真正的安详不是逃离压力，而是在赶作业、忙活动的琐碎里，依然保持内心的从容。当我开始用平和的心态感受当下，那些曾以为遥不可及的生命真谛，原来就藏在生活的点滴之间。

9. 在时光褶皱里，遇见心灵的安详

莱芜职业技术学院2024级机电一体化03班　王文豪

在喧嚣纷扰的尘世中奔波，我们如同被生活的浪潮裹挟的扁舟，终日忙碌，却常常忽略了内心对安详的渴望。我也曾在这浮躁的洪流中迷失，直到踏上寻找安详的旅程，才恍然发现，那份宁静与平和，一直潜藏在心灵深处。

学习"寻找安详"这门课程之前，我以为远离城市的喧嚣，奔赴静谧的山林，就能寻得安详。当我置身于青山绿水之间，呼吸着清新的空气，听着鸟儿的欢鸣，确实感受到了片刻的宁静。然而，回到现实生活中，烦恼与焦虑又会如影随形。在课程的践行中我逐渐明白，安详并非取决于外界的安静与环境，而是源于内心的修行。

于是，我开始尝试着放慢生活的节奏，学会在琐碎的日常生活中寻找安详。清晨，一杯淡水，一本好书，让思绪在文字间飘荡；夜晚，静坐三省，抛开一天的疲惫与烦恼，专注于内心的想法与感受。在这些看似平凡的时刻，我发现自己能够静下心来，聆听内心的声音，与自己对话。

在寻找安详的过程中，我也学会了放下。放下对过去的遗憾，放下对未来的担忧，专注于当下的每一个瞬间。不再执着于得失，不再为琐事烦恼，以一颗平和的心去面对生活的起起落落。当我学会放下的那一刻，仿佛卸下了沉重的包袱，内心变得轻松而自在。

如今，我终于懂得，安详是一种心境，是对生活的从容与豁达。它不是逃避现实的借口，而是在历经风雨后，依然能保持内心的平静与坚定。寻得安详并非意味着生活中不再有困难与挫折，而是我们能够以一种更加平和、乐观的心态去面对它们。

在这个快节奏的时代，寻找安详是一场漫长的修行。它需要我们不断地审视自己，调整心态，学会与自己和解。当我们真正寻得安详，便能在喧嚣的世界中，守住内心的一方净土，感受生活的美好与温暖。

在此，也借这个心得由衷地感谢老师，"新竹高于旧竹枝，全凭老干为扶持"，感谢学校给予我们这样让阳光、温暖、诗意走进心房的课程，感谢各位老师，也愿我们都能在这纷繁复杂的世界里，找到属于自己的安详，让心灵在安详中得以栖息。

10. 在喧嚣里种一片绿洲

莱芜职业技术学院2024级智慧健康养老与管理01班
董文慧

作为一名在学业压力、社交挑战与未来迷茫中不断摸索的大学生，参加"寻找安详小课堂"的经历，像是一场及时雨，为我在纷繁复杂的校园生活里，浇灌出一片宁静的精神绿洲，让我对自我成长与心灵安顿有了全新认知。

平日里，图书馆的键盘敲击声、社团活动的喧嚣、考试周的紧张，时刻充斥着我的生活。而在这里，老师温柔且富有哲思的话语，如同一股清泉，缓缓抚平我躁动不安的心绪。当老师剖析"安详是对自我情绪的觉察与接纳"时，我恍然惊觉，原来那些被我习惯性压抑的焦虑、迷茫，正是阻碍内心平静的"绊脚石"。

课堂中的理论学习与案例分享，为我提供了全新的思维视角。在"压力管理"主题学习中，老师结合大学生常见的学业竞争、人际关系等问题，拆解焦虑产生的根源。以往面对堆积如山的课程作业和竞赛准备，我常陷入"越急越乱"的恶性循环。而通过课堂所学，我学会运用"时间切片法"，将大任务拆解为一个个小目标，同时配合深呼吸与积极心理暗示，让原本沉重的负担变得有序可控。这种方法不仅提升了学习效率，更让我在忙碌中找回了掌控感。

安详小课堂成为我与同龄人深度共鸣的珍贵时刻。和来自不同专业的同学交流时，我发现大家表面上看似光鲜亮丽，实则都背负着各自的"成长烦恼"：有人为未来职业方向焦虑，有人因社交融入而困扰。在相互倾听与分享中，我不仅收获了实用的解决方法，更感受到一种温暖的力量——原来我们都在跌跌撞撞中成长，而这份共同的经历，让我不再觉得孤单。这种心灵层面的联结，让我对"安详"有了更深层次的理解：它不仅是个人内心的平静，更是在群体中找到归属感与认同感后的从容。

课堂布置的实践任务，巧妙地将所学融入校园生活。每天记录自己的"小确幸"，让我开始主动留意清晨图书馆前的鸟鸣、室友分享的小零食这些细碎美好；睡前15分钟的现场感体验，帮我卸下一天的疲惫，以更平和的状态迎接新的一天。渐渐地，我发现自己看待问题的角度变得更加积极，面对突发状况时也能迅速调整心态。这种改变，也悄然影响着我的学习与社交——在小组作业中，我不再因意见分歧而急躁，而是耐心沟通；面对考试失利，我学会总结经验而非自我否定。

这段学习经历，对处于人生重要转折期的我意义非凡。它教会我，在追逐学业成就、社团荣誉的同时，更要关注内心的声音，学会与压力共处、与自我和解。安详小课堂如同青春成长路上的一座灯塔，为我指明方向，让我在充满不确定性的大学生活中，找到了属于自己的心灵锚点。未来，我将带着这份"心灵宝藏"，在成长的道路上，以更从容的姿态拥抱挑战，书写属于自己的精彩篇章。

附录二 《论语》四章

学而第一

（此为书之首篇，故所记多务本之意，乃入道之门、积德之基、学者之先务也。凡十六章。）

❶ 子曰："学而时习之，不亦说乎？有朋自远方来，不亦乐乎？人不知而不愠，不亦君子乎？"

❷ 有子曰："其为人也孝弟，而好犯上者，鲜矣；不好犯上，而好作乱者，未之有也。君子务本，本立而道生。孝弟也者，其为仁之本与。"

❸ 子曰："巧言令色，鲜矣仁。"

❹ 曾子曰："吾日三省吾身。为人谋而不忠乎？与朋友交而不信乎？传不习乎？"

❺ 子曰："道千乘之国，敬事而信，节用而爱人，使民以时。"

❻ 子曰："弟子入则孝，出则弟，谨而信，泛爱众，而亲仁，行有余力，则以学文。"

❼　子夏曰："贤贤易色，事父母能竭其力，事君能致其身，与朋友交，言而有信。虽曰未学，吾必谓之学矣。"

❽　子曰："君子不重则不威，学则不固。主忠信，无友不如己者，过则勿惮改。"

❾　曾子曰："慎终追远，民德归厚矣。"

❿　子禽问于子贡曰："夫子至于是邦也，必闻其政。求之与，抑与之与？"子贡曰："夫子温良恭俭让以得之。夫子之求之也，其诸异乎人之求之与。"

⓫　子曰："父在观其志，父没观其行。三年无改于父之道，可谓孝矣。"

⓬　有子曰："礼之用，和为贵，先王之道斯为美，小大由之。有所不行，知和而和，不以礼节之，亦不可行也。"

⓭　有子曰："信近于义，言可复也。恭近于礼，远耻辱也。因不失其亲，亦可宗也。"

⓮　子曰："君子食无求饱，居无求安，敏于事而慎于言，就有道而正焉。可谓好学也已。"

⓯　子贡曰："贫而无谄，富而无骄，何如？"子曰："可也。未若贫而乐，富而好礼者也。"子贡曰："《诗》云，'如切如磋，如琢如磨。'其斯之谓与？"子曰："赐也，始可与言《诗》已矣。告诸往而知来者。"

⓰　子曰："不患人之不己知，患不知人也。"

为政第二

（凡二十四章。）

❶　子曰："为政以德。譬如北辰，居其所，而众星共之。"

❷　子曰："《诗》三百，一言以蔽之，曰'思无邪'。"

❸　子曰："道之以政，齐之以刑，民免而无耻；道之以德，齐之以礼，有耻且格。"

❹　子曰："吾十有五而志于学；三十而立；四十而不惑；五十而知天命；六十而耳顺；七十而从心所欲，不逾矩。"

❺　孟懿子问孝。子曰："无违。"樊迟御，子告之曰："孟孙问孝于我，我对曰，'无违。'"樊迟曰："何谓也？"子曰："生，事之以礼；死，葬之以礼，祭之以礼。"

❻　孟武伯问孝。子曰："父母唯其疾之忧。"

❼　子游问孝。子曰："今之孝者，是谓能养。至于犬马，皆能有养。不敬，何以别乎？"

❽ 子夏问孝。子曰:"色难。有事弟子服其劳,有酒食先生馔,曾是以为孝乎?"

❾ 子曰:"吾与回言终日,不违如愚。退而省其私,亦足以发。回也不愚。"

❿ 子曰:"视其所以,观其所由,察其所安,人焉廋哉。人焉廋哉。"

⓫ 子曰:"温故而知新,可以为师矣。"

⓬ 子曰:"君子不器。"

⓭ 子贡问君子。子曰:"先行其言而后从之。"

⓮ 子曰:"君子周而不比,小人比而不周。"

⓯ 子曰:"学而不思则罔,思而不学则殆。"

⓰ 子曰:"攻乎异端,斯害也已。"

⓱ 子曰:"由,诲女知之乎?知之为知之,不知为不知,是知也。"

⓲ 子张学干禄。子曰:"多闻阙疑,慎言其余,则寡尤;多见阙殆,慎行其余,则寡悔。言寡尤,行寡悔,禄在其中矣。"

⓳ 哀公问曰:"何为则民服?"孔子对曰:"举直错诸枉,则民服;举枉错诸直,则民不服。"

⓴ 季康子问:"使民敬忠以劝,如之何?"子曰:"临之以庄则敬;孝慈则忠;举善而教不能则劝。"

㉑ 或谓孔子曰:"子奚不为政?"子曰:"《书》云,

孝乎！惟孝，友于兄弟，施于有政。是亦为政，奚其为为政？"

❷❷　子曰："人而无信，不知其可也。大车无輗，小车无軏，其何以行之哉？"

❷❸　子张问："十世可知也？"子曰："殷因于夏礼，所损益，可知也。周因于殷礼，所损益，可知也。其或继周者，虽百世可知也。"

❷❹　子曰："非其鬼而祭之，谄也。见义不为，无勇也。"

八佾第三

（凡二十六章。通前篇末二章，皆论礼乐之事。）

❶ 孔子谓季氏："八佾舞于庭。是可忍也，孰不可忍也？"

❷ 三家者以《雍》彻。子曰："'相维辟公，天子穆穆。'奚取于三家之堂？"

❸ 子曰："人而不仁，如礼何？人而不仁，如乐何？"

❹ 林放问礼之本。子曰："大哉问！礼，与其奢也，宁俭。丧，与其易也，宁戚。"

❺ 子曰："夷狄之有君，不如诸夏之亡也。"

❻ 季氏旅于泰山。子谓冉有曰："女弗能救与？"对曰："不能。"子曰："呜呼！曾谓泰山，不如林放乎？"

❼ 子曰："君子无所争，必也射乎！揖让而升，下而饮。其争也君子。"

❽ 子夏问曰："'巧笑倩兮，美目盼兮，素以为绚

兮。'何谓也？"子曰："绘事后素。"曰："礼后乎？"子曰："起予者商也，始可与言《诗》已矣。"

❾　子曰："夏礼吾能言之，杞不足征也；殷礼吾能言之，宋不足征也。文献不足故也。足则吾能征之矣。"

❿　子曰："禘自既灌而往者，吾不欲观之矣。"

⓫　或问"禘"之说。子曰："不知也。知其说者之于天下也，其如示诸斯乎？"指其掌。

⓬　祭如在，祭神如神在。子曰："吾不与祭，如不祭。"

⓭　王孙贾问曰："'与其媚于奥，宁媚于灶。'何谓也？"子曰："不然。获罪于天，无所祷也。"

⓮　子曰："周监于二代，郁郁乎文哉！吾从周。"

⓯　子入大庙，每事问。或曰："孰谓鄹人之子知礼乎？入大庙，每事问。"子闻之曰："是礼也。"

⓰　子曰："'射不主皮'，为力不同科，古之道也。"

⓱　子贡欲去告朔之饩羊。子曰："赐也！尔爱其羊，我爱其礼。"

⓲　子曰："事君尽礼，人以为谄也。"

⓳　定公问："君使臣，臣事君，如之何？"孔子对曰："君使臣以礼，臣事君以忠。"

⓴　子曰："《关雎》，乐而不淫，哀而不伤。"

㉑　哀公问社于宰我。宰我对曰："夏后氏以松，殷

人以柏，周人以栗，曰'使民战栗。'"子闻之曰："成事不说，遂事不谏，既往不咎。"

❷❷　子曰："管仲之器小哉！"或曰："管仲俭乎？"曰："管氏有三归，官事不摄，焉得俭？""然则管仲知礼乎？"曰："邦君树塞门，管氏亦树塞门。邦君为两君之好，有反坫，管氏亦有反坫。管氏而知礼，孰不知礼？"

❷❸　子语鲁大师乐，曰："乐其可知也。始作，翕如也；从之，纯如也，皦如也，绎如也；以成。"

❷❹　仪封人请见，曰："君子之至于斯也，吾未尝不得见也。"从者见之。出曰："二三子，何患于丧乎？天下之无道也久矣，天将以夫子为木铎。"

❷❺　子谓《韶》，"尽美矣，又尽善也。"谓《武》，"尽美矣，未尽善也。"

❷❻　子曰："居上不宽，为礼不敬，临丧不哀，吾何以观之哉？"

里仁第四

（凡二十六章。）

❶　子曰："里仁为美。择不处仁，焉得知？"

❷　子曰："不仁者不可以久处约，不可以长处乐。仁者安仁，知者利仁。"

❸　子曰："唯仁者能好人，能恶人。"

❹　子曰："苟志于仁矣，无恶也。"

❺　子曰："富与贵，是人之所欲也，不以其道得之，不处也。贫与贱，是人之所恶也，不以其道得之，不去也。君子去仁，恶乎成名？君子无终食之间违仁，造次必于是，颠沛必于是。"

❻　子曰："我未见好仁者，恶不仁者。好仁者，无以尚之；恶不仁者，其为仁矣，不使不仁者加乎其身。有能一日用其力于仁矣乎？我未见力不足者。盖有之矣，我未之见也。"

❼　子曰："人之过也，各于其党。观过，斯知

仁矣。"

⑧　子曰："朝闻道，夕死可矣。"

⑨　子曰："士志于道，而耻恶衣恶食者，未足与议也。"

⑩　子曰："君子之于天下也，无适也，无莫也，义之与比。"

⑪　子曰："君子怀德，小人怀土。君子怀刑，小人怀惠。"

⑫　子曰："放于利而行，多怨。"

⑬　子曰："能以礼让为国乎，何有？不能以礼让为国，如礼何？"

⑭　子曰："不患无位，患所以立。不患莫己知，求为可知也。"

⑮　子曰："参乎！吾道一以贯之。"曾子曰："唯。"子出。门人问曰："何谓也？"曾子曰："夫子之道，忠恕而已矣。"

⑯　子曰："君子喻于义，小人喻于利。"

⑰　子曰："见贤思齐焉，见不贤而内自省也。"

⑱　子曰："事父母几谏，见志不从，又敬不违，劳而不怨。"

⑲　子曰："父母在，不远游。游必有方。"

⑳　子曰："三年无改于父之道，可谓孝矣。"

㉑　子曰："父母之年，不可不知也。一则以喜，一则以惧。"

㉒　子曰："古者言之不出，耻躬之不逮也。"

㉓　子曰："以约失之者鲜矣！"

㉔　子曰："君子欲讷于言而敏于行。"

㉕　子曰："德不孤，必有邻。"

㉖　子游曰："事君数，斯辱矣。朋友数，斯疏矣。"

附录三

文学的广义化实践*

文化艺术报：您多年致力于中华优秀传统文化的阐释和
传播推广，先后出版了《农历》《中国之中》
《吉祥如意》《中国之美》等作品，一个小说
家为何将目光聚焦传统文化？

郭　文　斌：这就像一个孩子离不开娘，游子离不开故
乡。从个人经历来讲，我当年着迷西方现
代派，却抑郁了，当我回到"故乡"，回到
中华优秀传统文化的"故乡"，抑郁离我而
去。走出抑郁的过程，形成一本书，就是现
在已经30多次重印的《寻找安详》。

文化艺术报：批评家丁帆说："有根的书写才是《中国之
美》最大之美也。正是抓住了'中国之美'的
根脉，才让此书有了笔下有乾坤的底气。"

*本文系《文化艺术报》记者刘龙、赵命可的访谈，刊发于2025年6月9日。

可否谈谈您心中的中国根脉？

郭　文　斌：在我看来，中国根脉有三大体系，一是经典传统，这个大家最清楚，"四书五经"，《道德经》《黄帝内经》《庄子》，等等。二是民间传统，比如秦腔，比如民间故事，比如农事民俗，等等。三是家训传统。这三大传统里，最牢靠、最稳固的是后两者。我之所以花12年时间创作长篇小说《农历》，就是认识到民间传统和家训传统的重要。《农历》能够在第八届茅盾文学奖评选中获得提名，说明评论家对这两大传统的重视。宁夏11岁小朋友刘一然、陕西12岁小朋友魏玉清能够四十、五十遍地读，说明家长和孩子对这本书的喜欢。

　　无论是汪政先生给《中国之美》写的序言，还是在北京和银川召开的《中国之美》研讨会上，李一鸣、栾梅健、朱静宇、韩春燕、周新民等评论家，都认为《中国之美》是一部文化自信之书，是文学史的重大转向，是给世界美学的重大贡献。他们看重的，也是对中国根脉的书写、对民族精神的追寻。

文化艺术报： 2014年起，您受邀担任央视大型纪录片《记住乡愁》文字统筹，之后任撰稿和策划，10年过去了，大型纪录片《记住乡愁》已经拍摄了600集，这么浩大的工程，对您的创作有何影响？

郭　文　斌： 影响巨大。我曾在一篇述评里写过，《记住乡愁》不仅是一部大型纪录片，更是一部写给中华儿女的精神家书。一定意义上，它是中华民族精神的缩影。从中，我看到的不仅是祖先的智慧，更是自身的责任与使命，那就是通过自己的作品推介它，让越来越多的中华儿女，在这样的节目召唤和激励下，接过中华文明的火种，以家为基座，以国为情怀，以天下为己任，在新时代续写属于中国人的精神史诗，也为人类永续发展贡献不可替代性力量。另一方面，它会潜移默化地影响你的精神气象。精装散文集《中国之美》平均两个月重印一次的节奏，说明这种精神气象感染了读者。

文化艺术报： 您一直对传统文化有浓厚感情，长篇小说《农历》，写的就是中国的传统节日民俗，批评家於可训指出："他用这种包罗万象的笔记文体，不拘一格的现代写法，通过一部《农历》，和他众多的作品、言论，向人们传播他的'安详哲学'，可以说是把文学的教化作用，在当今社会发挥到了极致。"这个"安详哲学"是您独有的文学风格？

郭　文　斌：拙著《农历》能得到陈思和、於可训等文学史大家认可，我特别开心。因为《农历》，陈思和先生提议在复旦大学给我召开研讨会，他在主题发言时说，"文斌比较入世，有一种对当下世界的关注，我把他的这种关注理解为重新构建社会秩序的努力。宗教往往是关注未来世界，而文斌比较关注现实世界"。"文斌对当下中国社会充满了温情，充满了建设性，特别是在精神建构上，他关注比较多，这也是我们今天社会所迫切需要的。"於可训先生曾两次派高足到银川采访我，写了大访谈，他自己也在《文艺报》撰文《农历：一部中国化的小说》。

　　於可训先生讲的"安详哲学"，有评论家称它为"安详诗学"，也有评论家称它为"安详之学"，它是不是我独有的文学风格，我不知道，但它确实已经成为我的文学标识。特别是当"寻找安详小课堂"在全国铺开时，当它作为一种初见成效的社会实践被媒体跟踪采访时，它已经成为我文学生命的一部分。

文化艺术报：您提出的安详生活观、安全阅读观、底线出版观、祝福性文学观，有广泛影响力，能具体谈谈您这个理念的初衷吗？

郭　文　斌：在20多年的公益实践中，我看到了太多因读错了书而导致的人生悲剧。我渐渐明白，书不是读得越多越好，心灵就像一杯水，阅读就像添加物，如果添加的是清茶，它对生命是有益的，如果添加的是垃圾，它对生命是有害的。因此，出版应该有底线，那就是父母心肠，就是能首先让自己的孩子看。阅读，也应该有底线，那就是引人向上向内向善向美，能给人带来祝福。符合这个标准的书，读得越多越好。"寻找安详小课堂"之所以迅速取得全国影响力，这"四观"是起了很大作用的。

文化艺术报：长篇小说《农历》获得茅盾文学奖提名后，人们满怀期待您的新作，但让所有人出乎意料的是，您暂停创作，全身心投入安详生活观的传播和公益事业里，这期间发生了什么？

郭　文　斌：这还得从《寻找安详》说起。16年来，它就像一个魔法师，把我带向一个未知世界。当初，我怎么也不会想到，它会30多次重印，不会想到，评论家以"安详哲学""安详诗学""安详之学"为题，展开研究。更不会想到，它会把我推向一个"公益人"的人生轨迹。

　　2010年，此书由中华书局出版后，出乎意料的是，不少抑郁症患者看了它，认为大有收获，首版不到半个月就断货，读者催我，我催出版社。我一边和编辑吵架，让快印书，一边接待汹涌而来的家长和孩子，刚开始写的长篇，只得停下。在服务读者的过程中，又发现《寻找安详》需要完善，需要修订，又和编辑商量出版修订本。就这样，计划中的长篇写作，就搁下了。

文化艺术报：2012年，您鼓励几位从《寻找安详》受益的同学注册了全公益"寻找安详小课堂"，用中华优秀传统文化帮助抑郁症患者走出困境，可否谈谈"寻找安详小课堂"的初衷和现状？

郭　文　斌：您知道，干预抑郁症是很耗人的，渐渐地，我就发现自己受不了了，就有了办读书会让大家通过集体共振自我干预走出困境的想法。就发起注册了"寻找安详小课堂"，从中华优秀传统文化中开发共振课程，没想到效果很好，后来渐渐变成一个让大家沉浸式体会中华文化之美的大家庭。

来自全国各地的同学们一起吃，一起住，一起学习，一起进步，如同一家人。不收学费，管吃管住，还赠送书籍。不少被抑郁折磨的孩子，在这里走出困境；不少就要解体的家庭，在这里走向和好；不少睡眠障碍者，在这里重回梦乡；不少万念俱灰的人，在这里重新燃起生命的热情。不少学员参加完学习后，就留在"小课堂"做志愿者。甚至，有人把20多年工龄的公职辞掉，有人把百万年薪的工作辞掉，来做志愿者。

13年来，相继在上海、南京、包头、乌鲁木齐、长沙、广州等30个省市开设课程，受益人数达百万余人次，并被引入全国30

多所监狱，帮助服刑人员改造。被新华社、《人民日报》、《人民日报·海外版》、《光明日报》、《文汇报》、《文艺报》、《文学报》、《中华读书报》、《新民晚报》、《今晚报》、《宁夏日报》、宁夏电视台、宁夏新闻网、《新消息报》、《华兴时报》等媒体报道，被《新华文摘》《散文海外版》《美文》《山西文学》《朔方》《黄河文学》《六盘山》等杂志刊载，特别让人感动的是《宁夏日报》的连小芳副总编在社领导的支持下带着陈郁、祁国昌、闵良三人，采写系列报道，多篇在该报头版发表，其中《"寻找安详"小课堂在全国孵化新时代"六尺巷"》发头版头条。

在志愿服务开展过程中，志愿者的奉献精神深深打动了各级党政机关和相关单位负责同志，得到了多方有力支持。具体包括：全国政协、中宣部、人民日报社、中国作家协会、教育部；宁夏回族自治区党委、人大常委会、政府、政协、纪委监委、组织部、宣传部、统战部、社会工作部、直属机关工作委员会、巡视工作领导小组办公室，自治区社科联、民政厅、教育厅、司法厅、公安厅、妇联、文联、文化和旅游厅、工商业联合会、总工会、监狱管理局；银川市委、人大常委会、政府、政协、妇联，西夏区委、政府、妇联以及镇北堡镇等。

参加过"寻找安详小课堂"的师生都知道，一些学校，因为学习"安详"，学风校风大为改变。山东莱芜职业技术学院把《寻找安详》改编为选修课教材，以双倍学分鼓励学生报名学习，两年下来，收到了可喜的效果。2025年6月，将在学校召开全国性观摩会。

而企事业单位的职员，在"寻找安详小课堂"学习后，奉献精神大为提高。中国太平洋寿险宁夏分公司全员学习后，业绩从全国38名提高到第6名，总经理孔维来被调往新疆任职。一到新疆，他就派100多名高管到"寻找安详小课堂"本部学习，当年业绩在全国上升两位。现在，他已经在新疆复制了分课堂，不但培训公司员工，还把课程开到多所学校。

正是这些受益的同学，在全国大量组建沉浸式读书群，不少读者，能够把《寻找安详》《醒来》《农历》中的篇章背诵下来。这些可爱的读者，促使我对文字更加敬畏，也让我深信，具有唤醒作用的文字，本身就是祝福。正是这种祝福性，让《寻找安详》成为畅销书，不少受益者，一次性批发成千上万册向社会捐赠。其姊妹书《醒来》，在它的带动下，也常常出现读者催印的情况。

文化艺术报：您如何看待传统文化的时代价值和现实意义？

郭　文　斌：价值巨大，意义重大。从1998年写长篇小说《农历》开始，到2018年在海口电视台录制《郭文斌解读〈弟子规〉》，这20年里，对中华文化的功能性，体会越来越深刻。看过《农历》创作谈的读者都知道，我渴望写这么一本书：它既是天下父母推荐给孩子读的书，又是天下孩子推荐给父母读的书；它既能给大地增益安详，又能给读者带来吉祥；进入眼帘它是花朵，进入心灵它是根。

我不敢说《农历》就是这么一本书，但我按照这个目标努力了。

为此，我用了整整12年时间。2011年

参加第八届茅盾文学奖评选，在最后一轮投票中名列第七。这个成绩，出乎我的意料。对于当时一个非著名作家来讲，紧跟张炜、莫言、毕飞宇、刘震云、刘醒龙等大家之后，也算是一桩奇迹了。180部参评作品，60位评委，六轮投票，最后获得提名，对我来说，真是非常满足了。为此，有许多出版社约稿，希望我能写第二部，冲击下一届"茅奖"。当时，还真动心了。开始写《农历》的姊妹书。但写到一半，就停下了。

因为就在那一年，我的生命中出现了一种全新的连我自己都无法明确的价值冲动，大于写出一部长篇，大于冲击茅奖，那是什么呢？

读过拙著《寻找安详》的朋友知道，就在那一年，《寻找安详》的发行出现了井喷状态，批量用书的读者催印的局面，让出版社应接不暇。说明"安详"已经成为时代刚需。

一天，一位《寻找安详》的受益者给我打电话，说到"现场感"那一节帮她走出恐惧时，我突然明白，文化一定要让百姓能用、愿用、常用、广用。必须像大米面粉一样成为百姓必需，像阳光空气一样让人离不开。为什么有那么多传统文化淹没于历史之中，而中医却活了下来，就是因为中医能够回应生命第一关切，是百姓的必需。之后，我接二连三地得到反馈，有几位重度抑郁症患者，在读完《寻找安详》后，大为好转。找我的家长成几何倍数增加，把我带进了之前我不知道的"生活"。我才知道，有那么多的人需要一种全新的、可操作的、功能性的"文化"，怎么办？

推荐大家看《寻找安详》是种办法，但不是所有人都能通过阅读解决问题。此前几年，我曾经在一些学校和单位讲"孔子到底离我们有多远"，就是想把当时在人们看来高高在上的圣贤智慧对接到日常生活中。但是实践了一段时间，发现《论语》好是好，可操作性不够。就在各种典籍中寻找方便百姓操作的、能够像幸福说明书一样的读本。最后，我的目光落在《弟子规》上。

当我决定讲《弟子规》时，有一种声音

问我，一位作家，要讲《弟子规》了，是不是太降低身价了？正在犹豫之间，老天给我赐了一个小宝贝，在陪伴他成长的过程中，我发现，真是没有哪部经典，像《弟子规》这样方便我"教育"孩子。妈妈叫他，他没有反应，我就来一句，"父母呼，应勿缓"；挑食，我就来一句，"对饮食，勿拣择"；妈妈还没有吃，他已经动手了，我就来一句，"长者先，幼者后"；便后不洗手，我就来一句，"便溺回，辄净手"；看完书，乱放一气，我就来一句，"读看毕，还原处"。越来越感觉到《弟子规》是大智慧，是把真理可操作化的难得之作。

就到全国去讲，果然受到大家欢迎。消息传到海口电视台，就有了我们的合作。节目一出来，更是得到人们的好评。被中国教育电视台等多家电视台播出，被学习强国总网推送，被好多学校引进课程，甚至被一些致力于乡村振兴的志愿者整理成书。百花文艺出版社得知后，2022年4月正式出版，截至目前，已经10次重印。

特别是"寻找安详小课堂"用它作为教

程之一，做提高人的安全感、幸福感、获得感实践，做降低抑郁率、离婚率、犯罪率探索，效果非常好。

从中，您可看到中华优秀传统文化的价值。

我讲《弟子规》，主要是讲它的精神，重点从人的生命力构建角度、人的潜能开发角度，阐述一种由全面教育和全程教育构成的整体教育观，阐述一种对于现代人来说极其重要的生命状态，那就是在第一规定性里找到人生最低成本的获得感、幸福感、安全感，让阳光、温暖、诗性、安详、喜悦充满每个人的心房。

随后，我和海口电视台又合作录制了52集《郭文斌解读〈朱柏庐治家格言〉》，同样被学习强国推送了，同名简装和精装书由百花文艺出版社、宁夏人民出版社出版。这两套视频课程和同名书，已经成为"寻找安详小课堂"的主体课程之一。

文化艺术报：之后的《醒来》，关键词是"喜悦"，您的正面价值书写和您的"清洁人的灵魂"的文学观念有关？

郭 文 斌：是啊。前面讲过，在公益实践中，我发现不少人因读错了书而抑郁。我在讲课时常放一个片子，就是《红楼梦》演员的命运居然和他们所演的角色一致，可见心理暗示的力量。因此，有人反复读《醒来》这本书。宁夏大学的崔金英老师每天读一篇，截至目前，已经读了20遍。

不少读者受益后，成百上千地义捐。《寻找安详》后记中我写到过，北京金色世纪公司的董事长李梓正先生一次批发一万册摆放在全国飞机场的贵宾厅，在每册书上围上书腰"请您把我带回家"，让乘客免费带回家阅读；甘肃泾川县委书记于宏勤先生，自费购买一万册《醒来》义捐。无疑，他们都是我的知音。

说来有些幽默，2023年，我感染新冠后，一直睡眠不好，用了许多方法，效果都不太好。一天，看到一位学生读《醒来》解决了睡眠障碍问题，拿过来一看，就睡着了。

文化艺术报：您一直倡导"功能性读书"，可否具体谈谈？

郭　文　斌：缘分只有回头看才见美丽。巧的是，2010年，散文集《寻找安详》和长篇《农历》几乎同时出版。前面讲过，《寻找安详》的需求量让出版社应接不暇，不到半个月就断货，出现了读者催印的局面。我接二连三地得到反馈，找我的家长成几何倍数增加，让我无法招架。渐渐地，就有了办读书会，让大家通过集体共振、通过自我干预走出抑郁的想法，就有了"寻找安详小课堂"。

"寻找安详小课堂"的读书会有线上线下两种。线上每周一到周五，每天早上5点20开始，学员来自全国，有8个片区。线下每周六早晨开展。每个月办两到三次为期4天的全封闭读书班。

"寻找安详小课堂"的读书会，特别强调从中求"定"，求"安"，求"静"，求"养"。让大家在一种"强体验"中获得一种"强对比"，获得一种"强愉悦"。体验过的学员基本都会一改平常刷屏的浅阅读习惯，进入纸质书的深阅读，深阅读带给人的是定静、是安宁、是放松、是滋养。

这些读书群，大概可以分为五类：一

是欣赏性的，比如宁夏石嘴山市新闻传媒中心的朱永利先生，把我的几本书全部录制成音频，收听率很高，仅《醒来》，截至目前，收听人数已过60万。二是母子共读性的，大多选择我的长篇小说《农历》修订本（长江文艺出版社）、《中国之中》《中国之美》（百花文艺出版社）等，家长们把这些书作为孩子识字习文和训蒙养正的床头读本。银川的刘一然小朋友，4岁开始母女共读《农历》，今年11岁，已在"喜马拉雅"把此书朗读了40遍；陕西的魏玉清小朋友，今年12岁，已经读了50遍。三是把读书作为抗抑郁药来"服用"的，这些读者，大多选择《寻找安详》修订本（长江文艺出版社）、《醒来》修订本（长江文艺出版社）、《郭文斌解读〈弟子规〉》修订本（百花文艺出版社）。四是作为教程来开发的，比如"寻找安详小课堂"的班主任张润娟，几乎把我的文集读完了，目的是从中挑选可以作为课堂共振源来用的篇章，然后推荐给全国的课堂。五是老师和学生。

为了支持公益读书，特别是为了让更

多的抑郁症患者走出困境，这些年，我把版税全部折合成书捐到全国各地，截至目前，已经捐出800万码洋。

去年，由宁夏政协常委、宁夏华严科技有限公司董事长施晓军先生在南京益童公益基金会等爱心单位支持下发起的"青春健康行"巡讲，从宁夏大学开始，截至目前，已经巡讲了18所学校，在线人数接近300万。每次，线下有多少学生听讲，他们就捐多少册书。比如银川一中，在体育馆举办，2300名学生听讲，他们就捐2300册。之后，又鼓励学校，以自愿的原则，组建功能性读书会，不少学校反馈，很受师生欢迎。

为了大面积捐书，我把《寻找安详》《醒来》从中华书局撤出来，交给长江文艺出版社。

现在，如果不在外讲课，就在家寄书。我太太说我的工资差不多全用来寄快递了，一律发特快。心想对方早一天收到书，读起来，因抑郁造成的极端事件就可能免于发生。

对于一些大型学习平台，我也会抽空写些字给他们，让他们拍卖，作为购书款。比如，在广东蓝态公益基金会两次大型拍卖会上，我的一幅斗方、一幅四尺三开分别拍得18.5万、38万元善款，能给同学们买不少书呢。

文化艺术报：短篇小说《吉祥如意》在《人民文学》2006年第10期发表后，多家选刊转载，获得2006年度"人民文学奖"、第四届鲁迅文学奖短篇小说奖。您还能想起获奖前后的心理起伏吗？

郭　文　斌：那是需要一篇长长的散文才能表达的。作为中国文坛仅次于茅盾文学奖的文学奖项，能够忝列其中，当时真有些恍惚之感。更没有想到，我会代表获奖作家发言，发言时，铁凝、金炳华等中国作协领导就站在身后，让我既感动又紧张。给我颁奖的是鲁迅先生的儿子周海婴，真是吉祥如意。心里充满了对《人民文学》主编李敬泽和责任编辑程绍武先生的感激，充满了对陈建功等评委的感激。从绍兴领奖回来，银川市委常委、宣传部部长尤艳茹代表宁夏党委常委、市委书记崔波到机场迎接，之后又召开庆功会，让我倍感温暖，又深感惶恐。

文化艺术报：在《吉祥如意》获得鲁迅文学奖前，您的《大年》在《钟山》杂志发表后已经引起文坛关注。小说集《大年》出版后，分别在北京和南京召开了研讨会，《大年》是您引起文坛关注的第一部作品？

郭　文　斌：对，是引起全国文坛关注的第一部作品。记得雷达先生在研讨会上说："读完郭文斌的小说让人大吃一惊，没想到还有这么美的短篇小说，没想到还有这么纯粹、这么含蓄、这么隽永、这么润物无声的小说。他的小说你要做理论上的概括可能不容易，但是你可以被陶醉。郭文斌的小说感动得我流泪。郭文斌给我们提供了罕见的审美体验。郭文斌作品提供的美学价值，那种罕见的美，是尤其值得我们珍视的。"到会的评论家，基本上都是赞赏的，给了我很大的激励，让我对当时正在创作的长篇《农历》，有了信心。

文化艺术报：2010年，您出版了长篇小说《农历》，得到广泛好评，在第八届"茅盾文学奖"评选中获得提名，《农历》写了十五个中华传统节日，节日化的日常生活最能彰显文化的根基？

郭　文　斌：对，中华文化是礼乐文化，而礼乐的最好体现，就是节日。而能把生活节日化，一定意义上，就是我这些年讲的"现场感"。而"现场感"，是"寻找安详小课堂"帮助人们获得安全感、幸福感、获得感的压舱石。在由中国作协创研部主办召开的《农历》研讨会上，陈建功、李存葆、李敬泽、胡平、何向阳、汪政等著名作家、评论家，都肯定了"根基化"的书写意义。

文化艺术报：有人说，"安详"已经成为您的文化符号，您怎么看？

郭　文　斌：可以这么说，它不但是我的文化符号，也是生我养我的那片土地的文化符号。去年，我和自治区党委宣传部周庆华常务副部长陪人民日报社于绍良社长一行到西海固调研，社长和文艺部袁新文主任、文艺部理论评论室胡妍妍副主编，包括人民日报社宁夏分社社长徐元锋、采编中心主任张文，都被父老乡亲身上的文学性、上进性和安详气质打动，之后十多次报道，其中不少是整版。前不久，西吉县委政府启动了"寻找安详小课堂"，意味着《寻找安详》具有助力党和政府提高社会治理效能、乡村振兴、新时代文明实践、铸牢中华民族共同体意识的作用。在前不久由中国作家协会、人民日报社、宁夏回族自治区党委宣传部主办的"中国式现代化的文学实践：西海固文学现象研讨会"期间，中国作协主席、党组书记张宏森先生特别肯定了我这些年的公益实践，鼓励我多写能够唤醒人的作品。

文化艺术报：作家、批评家穆涛说："郭文斌是有清醒方向感的当代重要作家，良心与良知并重。他在下力气厘清传统中国人的基础精神秩序，并向之深深致敬。他写作的动力源，可以用《大学》开篇的那句话简述，'大学之道，在明明德，在亲民，在止于至善。'"明德、亲民、至善是您的座右铭？

郭　文　斌：可以这么说。穆涛先生懂我，这是他拿古人来激励我。

文化艺术报：您出生在西海固，这里是全国有名的穷困地区。您眼里没有悲情，没有忧伤，有的

是乡村的诗意、吉祥和如意，这是如何做
到的？

郭　文　斌：可能和自己的童年经历有关。我在散文集
《中国之中》中写到我的家庭，我有两位父
亲、两位母亲，成长过程中得到了双倍的
爱。在我接受的教育中，没有黑暗，只有光
明；没有寒冷，只有温暖；没有批判，只有
祝福。

文化艺术报：接下来，您还会继续您的小说写作吗，有没
有具体的计划？

郭　文　斌：肯定会，有两个长篇，写到中间，停下了。
现在，每天都是求助的家庭、各地的课邀，
心想等志愿者成长起来后，再写吧。但我
每天在写"传记"，13年公益路上，有多少
贵人相助，不记录下来，对不住这些高贵的
人格。

文化艺术报：给读者和青年作者，您有话要说吗？

郭　文　斌：上苍按照人的心量配给能量，能量的配给
是通过缘分实现的。

附录四

"寻找安详小课堂"的来龙去脉*

自1993年调到固原地区文联任《六盘山》杂志编辑后，我每年都在学习《在延安文艺座谈会上的讲话》，每年都在思考，文艺如何落实"二为"方向，文艺到底如何为人民服务，为社会主义服务。

当年，我总是给大家推荐《平凡的世界》，感觉它可以激励父老乡亲告别贫困，走向小康。2001年，调到银川市文联任《黄河文学》编辑后，我感觉人们越来越不缺吃，不缺穿，越来越富裕，但是，心理层面的"急难愁盼"越来越多。推荐大家阅读《平凡的世界》，已经不能完全解决问题。这时，文艺何为？推荐大家读西方心理学，同样收效不大。

一天，我突然想到，我们的祖先，五千多年来，是如何解决这些问题的？就开始向中华优秀传统文化找答

---

*本文于2025年6月7日发表于人民日报客户端，作者郭文斌。

案。先是读《论语》,有豁然开朗之感。2006年,开始讲《论语》,反馈很不错。2010年,讲稿《寻找安详》被中山图书馆的吕梅馆长推荐给时任中华书局编辑祝安顺诉诸出版,推荐理由是,中山大讲堂办了好多年,请了一百多位专家讲课,就我的那堂课,解决了她的心理问题。

祝安顺先生收到书稿后,第三天就回信,决定出版。书出版后,读者的欢迎程度,出乎我们的意料,不到半个月就断货,一印再印,甚至出现了需要批量书的读者催印的情况。不少身陷心理困境的读者,借此走了出来。口耳相传,不少人来找我,一时有些无法招架。渐渐地,我就有了办读书会的想法。

2012年,我发起设立了全公益"寻找安详小课堂",就如何降低抑郁率、离婚率、犯罪率,开展文学的功能性实验,效果出乎意料地好。13年来,参与线上线下学习的学员,上百万人次,被复制到全国30个省区市,被教育部等部门表彰,被新华社、《人民日报》、《光明日报》、《文艺报》、《文学报》、《中华读书报》、中国教育网、《宁夏日报》、宁夏电视台、《华兴时报》等媒体多次报道。

随着影响力的扩大,越来越多的媒体就"小课堂"是如何以文化人、服务民生的问题来采访。在一次次回答记者的提问中,有一条内在逻辑线逐渐清晰起来。这里,我仅就如何帮助被抑郁折磨的青少年走出困境的话题,和读者诸君分享。

"如果没有中华五千年的文明，哪里有什么中国特色？如果不是中国特色，哪有我们今天这么成功的中国特色社会主义道路？"同样，要想解决中国的青少年心理问题，就得用我们自己的文化配方，就像人生病后需要输血，一定要配对血型一样。

通过一桩桩案例，我发现，青少年抑郁率之所以不断上升，有十分复杂的社会原因，但教育走向片面化是一个重要方面。

古典教育强调教育的整体性和系统性，至少包括生存教育、心性教育、道德教育、劳动教育、审美教育，最后才是知识教育。但是一段时间，知识教育一家独大，其他五个板块被严重忽略，教育走向"六分之一化"。好多家长只盯着知识教育，给孩子带来极大的精神压力。只要学习成绩上不去，家长和孩子就会被一种巨大的挫败感打垮，从而变得失落、焦虑，甚至出现极端情况。

而要纠正这一缺失，就要让家长把目标式幸福观调整到过程式幸福观。当家长把目标式幸福观调整为过程式幸福观，因目标带来的焦虑就会渐渐消失，家长的焦虑消失了，孩子的压力就会大大减小。

而要让家长把目标式幸福观调整为过程式幸福观，就要让他们认识到真正的幸福事实上只存在于过程中；

而要让家长确认这一认知，必须亲身体验。用《醒来》一书中的话说，学生在学习的过程就要幸福，而不是等考上大学。具体来讲，听课的时候就要幸福，写作业的时候就要幸福。再具体来讲，在写"人"字的一撇的时候就要幸福，写一捺的时候就要幸福，如果在写一撇一捺的时候没有体会到幸福，等把"人"字写完才幸福，就已然和幸福错过，更别说等考上大学了。

而要让家长真切体验这种过程式幸福，"寻找安详小课堂"用的方法是帮助他们找到"现场感"。简单地说，就是用各种路径帮助家长回到每一个当下，回到"这一刻"，同时保持觉知。

渐渐地，大家意识到，在"这一刻"之外找幸福，是永远找不到的。渐渐地，大家意识到，找到"现场感"是生命教育的核心。回望中华经典，几乎无一例外都让我们活在现场，活在当下，活在"这一刻"，活在过程之美中。一个人如果总是活在过程中，活在"但行好事，莫问前程"中，就不会过度考虑结果，生命状态就积极向上，充满喜悦，焦虑和抑郁也就无从靠近。

在"小课堂"，人们看到的事实是，当一个孩子找到现场感，在现场感中学习时，他的学习成绩便惊人地提高了，真是有心栽花花不发，无心插柳柳成荫。在"小课堂"，人们同样吃惊地看到，一家企业，在全面引进"小课堂"的课程后，一年时间，业绩从全国第38名提升到第6名，其中有许多原因，但现场感起的作用，是肯定的。

为了让家长和孩子们体验"现场感"，"小课堂"制定了六项班规。禁烟、止语、早睡早起、封存手机、低碳饮食、粗茶淡饭。目的都是为了让心高质量地回到现场，让学员在最朴素的生活现场感受平时常常错过的幸福。吃"现场饭"，在明明白白地咀嚼中体会现场感，以及现场感带来的幸福；走"现场步"，在明明白白地提、移、落、触中体会现场感，以及现场感带来的幸福；除"现场尘"，在明明白白地一擦一拭中体会现场感，以及现场感带来的幸福；读"现场书"，在读得清清楚楚听得清清楚楚中体会现场感，以及现场感带来的幸福。

无论是行、住、坐、卧，吃、穿、诵、读，都要"知道"自己"在场"，都要时时刻刻、清清楚楚地"知道"自己在做什么。当这个"知道力"渐渐强大，当焦虑的念头一旦萌生，就会被马上发现，然后让心离开这一念头，重新回到现场，而一旦回到现场，焦虑就消失了。

时间久了，同学就会清晰地剥离出两个"我"，一个是起心动念的"我"。一个是能够发现这个起心动念的"我"，找到这个"发现者"，并保持在生活中，就是"现场感"。

就是说，只要养成时时刻刻回到现场的习惯，焦虑就无空可钻。当一个人总是明明白白地活在"这一刻"，就不会追忆过去，幻想未来，他就只是纯粹地活在"现场流"里，而这种"现场流"，就是"幸福流"。换句话说，幸福就是知道自己"在"，幸福就是生命本身。

在改变认知和有了亲身体验之后，还需要足够的强度和长度让他保持，就像刚打出来的泉水，很快就会被泥沙淤堵。通过13年的实践，"小课堂"的志愿者发现，能够解决问题的底线时间长度是三天半，而强度的维持，"小课堂"用的是共振原理。

三天半的时间，大家同听一堂课，频率渐渐趋同，形成生命的共振场，正如节拍器的共振实验。

每次开课前，我们都会让大家看这样一个实验：把同一白色平台上的钟摆随意拨乱摆动，到达一定的临界点之后，钟摆的步调变得完全一致。实验说明，在一个区间内，通过音波可以达成共振。根据量子力学的原理，万物都是振动，想法也是一种振动，因此也会产生共振，相互影响。当一群人同时发出良善的想法，将会令很多人产生共振。

共振分高频共振和低频共振，"小课堂"当然选择的是高频共振。三天半的时间，通过倾听中华优秀传统文化课程，开展连根养根、诵读经典、看家人长处、找自己短处、写一封家书、重新规划人生、走"现场步"等活动，打开学员心门，让其释放冷漠、抱怨、仇恨、痛苦等消极情绪，代之以原谅、包容、安详、喜悦，一改平时说长道短、论是说非、意绪纷飞的状态，从而完成旧记忆清理、潜意识改造，使意识亮度提升，从而走进安详，回归喜悦。

　　钟摆实验证明，在这个宇宙空间，个体的情绪会影响到整体。在13年的青少年心理健康服务中，"小课堂"的志愿者发现，如果单就孩子进行干预，效果并不理想。一个孩子抑郁了，有多种原因，但父母关系紧张，或者有比较强烈的占有欲、控制欲、表现欲是主要原因，当父母进行旧记忆的深度清理，改变惯性思维和言行之后，不少孩子很快就会改变。孩子既是生命个体，又是家庭共体，一出生，他就生活在家庭共振场中。因此，每当接到求助请求，志愿者总是建议家长先参加学习，因为家长是孩子的底片，底片换了，电影就换了。天长日久，志愿者甚至发现，家长在学习，孩子在改变。这时，大家才理解老子为什么讲"我无为而民自化，我好静而民自正"。

　　其实在生活中，冷漠比仇恨还要伤人。孩子最恐惧的不是家长和老师的批评，而是漠视和冷落。夫妻冷战，让家庭充斥冷漠的磁场，对孩子造成的伤害更大。家庭如果充满爱与温暖、欢声与笑语，孩子的身心自然就会是健康的。

基于这样的认知，"小课堂"的志愿者既是辅导员，又是"爱心妈妈"，拥抱多于说教，表扬多于批评，时时处处让学员感受父爱母爱一般的温暖。三天半的课程，可以说是用爱暖化问题青少年心理坚冰的过程。不少孩子，刚进课堂时，是拒绝辅导员的拥抱的，但是等到结业时，他会主动把小身子投向辅导员的怀抱。

　　在《醒来》一书中，我借用霍金斯能量级理论指出，生命能量级是由情绪决定的。情绪和生命状态密不可分。霍金斯把生命能量级用一到1000级标识，他认为一个人的生命能级低于200级，这个人就要生病了。"恐惧"对应100级，"愤怒"对应150级，爱和喜乐对应500级。这一心理学实验结论证明了老子讲的"我无为而民自化，我好静而民自正"和《黄帝内经》讲的"恬淡虚无，真气从之，精神内守，病安从来？""正气存内，邪不可干"是生命真理。

　　而"精神内守"的状态就是现场感。在现场，既是方法论，又是幸福观，又是价值观，又是生命观。当一个人活在现场，活在生命的"这一刻"，生命能级至少在600级。

　　当然，这一切都是以学员对课堂百分之百的信任为前提。这也就是13年来，"小课堂"为什么不收一分钱学费，管吃管住，临行还要赠送延伸性学习书籍的原因，因为一旦让学员感受到哪怕一点点商业的味道，暖化的力量就会减弱，感动的力量就会下降。而感动，是最好的改造力。

"小课堂"的主体教程除了红色电影、《记住乡愁》、系列家风课等视频，还配有《中国之中》《寻找安详》《醒来》《农历》等书，在这些书中，笔者阐述了"小课堂"教程设计的基本原理和帮助抑郁青少年走出生命低谷的探索经验。而2024年2月出版的《中国之美》，则从人类学的角度探讨了如何才能化解冲突。笔者指出，要想人类没有冲突，就得群体和群体之间没有冲突；要想群体和群体之间没有冲突，就得个体和个体之间没有冲突；要想个体和个体之间没有冲突，就得个体内心没有冲突。

由此，把个体寻找安详、回归喜悦的意义上升到为民族复兴、他人幸福培养生力军的高度，就让志愿者的奉献，更加具有崇高性。

可喜的是，全国教育大会之后，"立德树人"成为教育的根本任务。相信，随着全社会的努力，青少年抑郁率会大大下降。